夜来花

[日] 芥川龙之介 著

丁朱蕾 译

重庆出版集团 重庆出版社

图书在版编目（CIP）数据

夜来花 / （日）芥川龙之介著；丁朱蕾译. -- 重庆：重庆出版社，2025.1
ISBN 978-7-229-18263-2

Ⅰ. ①夜… Ⅱ. ①芥… ②丁… Ⅲ. ①短篇小说－小说集－日本－现代 Ⅳ. ①I313.45

中国国家版本馆CIP数据核字（2024）第002107号

夜来花
YELAIHUA
[日] 芥川龙之介 著 丁朱蕾 译

丛书策划：李　子
责任编辑：陈劲杉
责任校对：杨　婧
封面设计：荆棘设计
版式设计：侯　建

重庆出版集团
重庆出版社 出版

重庆市南岸区南滨路162号1幢　邮政编码：400061　http://www.cqph.com
重庆天旭印务有限责任公司印刷
重庆出版集团图书发行有限公司发行
全国新华书店经销

开本：787mm×1092mm　1/32　印张：10　字数：200千
2025年1月第1版　2025年1月第1次印刷
ISBN 978-7-229-18263-2

定价：45.00元

如有印装质量问题，请向本集团图书发行有限公司调换：023-61520678

版权所有　侵权必究

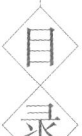

阿律和孩子们 1

葱 49

杜子春 63

复仇之旅 78

黑衣圣母 94

火神阿耆尼 101

魔术 116

女性 128

奇怪的故事 132

弃儿 140

秋 148

秋山图 165

山鹬 178

鼠小僧次郎吉 192

素戈鸣尊 213

尾生之信义 283

舞会 287

影子 296

阿律和孩子们

一

雨日午后,今年中学毕业的洋一弓背坐在二楼桌旁,写着北原白秋①风格的诗歌。突然耳边传来父亲"喂"的

---
① 北原白秋(1885—1942年),日本诗人。——译者注

声音。他匆忙回头，没忘记把诗稿藏在字典下。但幸运的是，父亲贤造披着夏季外套，只是向昏暗的楼梯口探了探头而已。

"你母亲阿律的情况不好，赶紧给慎太郎发个电报！"

"怎么个不好？"

洋一不禁大声问道。

"唉，她平时挺硬朗的，应该不会突然怎么样。但还是告诉下慎太郎比较好。"

洋一插话问道："户泽医生怎么说的啊？"

"好像还是十二指肠溃疡。他说不必担心。"

贤造的眼神似乎在回避着洋一，让人奇怪。

"但我还是请谷村博士来一下吧，户泽医生也这么说。那慎太郎的事就交给你了。你知道他住哪里吧？"

"嗯，我知道。爸爸你去哪里？"

"我去下银行。啊还有，浅川姨妈来了，她在楼下呢。"

贤造消失后，洋一感到外面的雨声突然变大了。他也清楚地知道，现在不是磨磨叽叽的时候，便立刻站起来，摸着黄铜把手，呼哧一下下了楼梯。

楼梯下，他看到一个宽敞的商店，货架左右摆开，上面放着针织品之类的纸箱。借着店门口雨的亮光，看到戴着巴拿马帽子的父亲正背对这里,在入口处将一只脚放进木屐里。

"老爷,工厂那里来电话了。他们问您今天去不去?"

洋一来到店里的时候,接电话的店员正在问贤造。保险柜前、神龛前,还有四五个店员,一副催促老爷快走的表情,而不是送他走。

"今天不去了。你和他们说明天去。"

电话刚挂断,贤造便打开大洋伞,匆忙走上街道。柏油路上,遍布浅泥,贤造身影模糊,渐渐远去。

"神山在不在?"

洋一在账台旁坐下,抬头看着店员的脸。

"刚才好像有什么事,出门办事去了。阿良,你知道他去哪儿了吗?"

"神山吗?我不知道啊。"

一个店员回答。他蹲在房屋入口的地板框处,开始吹起口哨。

这时,洋一用钢笔在电报纸上奋笔疾书。他脑中突然清晰浮现出哥哥的脸庞。哥哥比他黑、比他胖,去年秋天刚入学某地方高中。洋一开始写上:"母亲病危,请速归。"又立刻撕掉,重新写道:"母病速归。"虽然这样,"病危"这两个字盘旋在他脑中,就像不祥之兆,久久无法散去。

"喂,帮我发下这封电报可以吗?"

洋一把好不容易写完的电报交给店员,又将写废的稿纸撕碎,穿过店后面的厨房,走向晴天也很昏暗的饭厅。饭厅里面,长火盆柱子上,挂着一张巨大日历,上面印着毛线店广告。浅川姨妈剪了头发,正掏着耳朵,似乎被人遗忘了。她听到洋一的脚步声,继续挖着耳朵,抬起溃烂的眼睛:

"你好,你爸爸已经出门了吗?"

"是的,刚出去。我妈的病情真让人发愁啊。"

"是啊,我还一直以为不是什么大病呢。"

洋一在长火盆对面蹲了下来,忐忑不安。拉门里面,病重的母亲正躺着。一想到这里,与这位古板姨妈聊天,更让他心里烦躁。姨妈沉默片刻,抬头说道:"阿绢一会儿来。"

"姐姐不是还在生病吗?"

"今天没事,就是平常的感冒罢了。"

浅川姨妈话里带着轻微的蔑视,更有一丝亲切。兄妹三人中,姨妈最喜欢不是母亲阿律亲生的阿绢。这里面有个原因,贤造的前妻是姨妈的亲生姐妹。洋一想着从谁那里听过这事,暂时不情愿地把话题转移到体弱多病的姐姐身上,她前年嫁到了一家和服店。

"阿慎那边怎么办?你爸出门前说最好告诉他一下。"

结束方才的闲聊,姨妈不再挖耳朵,好像想起了什么,说道。

"我刚给他发了电报,今天应该能收到吧。"

"是啊,又不是东京大阪这样的地方……"

姨妈对地理不通,说得含含糊糊。不知为何,这突然唤起了洋一内心潜藏的不安。哥哥会回来吗?想到这里,他又不由觉得,电报的措辞是不是应该更夸大些好。妈妈很想见哥哥,但哥哥没回来。这期间,妈妈去世了,于是姐姐和浅川姨妈谴责哥哥不孝。洋一眼前清晰闪过这样的瞬间。

"今天收到,他明天就会回来的。"

与其说给姨妈听,不如说是自我安慰。

这时,店里的神山悄悄来了,额上都是亮亮的汗珠。他穿着的条纹外套上,袖口的雨痕显示,他曾经去了某个地方。

"我去过了,但没想到等了这么长时间。"神山向浅川姨妈行了个礼，从怀里掏出一封信来，"说完全不需要担心病人的情况，详情好像都写在这里了。"

姨妈先戴上深度眼镜，随后打开信封。里面除了信以外，还有一张四折的日本习字纸，上面写着"一"字。

"哪里啊？神山，这个太极堂在哪里啊？"

洋一好奇地凑过去，偷窥着姨妈看着的信。

"第二条街角那里不是有个西餐馆么？进那个胡同，在左边。"

"那在你学清元①的老师家附近吗？"

"是的，在那附近。"

神山嘿嘿笑着，把玩着钟链上垂下的玛瑙印章。

"那地方居然有算卦先生啊？说让病人枕头朝南，是吧？"

"你妈枕头朝的哪个方向？"

姨妈带着苛责的语气，抬起戴着老花镜的眼睛。

"是朝东的，因为这个位置是南。"

洋一心情稍微明朗了些，他的脸凑近姨妈，手里掏着衣服袖口里的卷烟盒。

"看，说是朝东枕也没关系呢。神山，要不要来一支？

---

① 清元，江户净琉璃的一种。——译者注

来，接着，失敬了！"

"谢啦！还是ECC[①]呢。那我来一支。还有其他什么事吗？有的话，尽管吩咐我。"

穿着夏季外褂的神山将金嘴烟夹在耳朵后面，突然起身，准备回店里。这时，拉门开了，阿绢直接进来了。她脖子上贴着膏药，提着水果篮子，来不及脱下身上的哔叽[②]大衣。

"啊，你来了啊。"

"下着雨，你还来了啊。"

姨妈和神山几乎同时说出了这样的话。阿绢和两人打着招呼，快速脱下大衣，失望地侧着腿坐下。这时，神山接过她手里的水果篮，放在那里，匆忙离开饭厅。水果篮里整齐漂亮地摆着青苹果和香蕉，闪着光泽。

"妈妈怎么样？对不起，电车太挤了……"

阿绢依然侧腿坐着，麻利地脱掉满是泥泞的白色袜袋。洋一看到那袜袋，从梳着圆形发型的姐姐身上感受到，街道上溅起的雨水。

"肚子还是很疼，烧到了39℃多。"

---

① ECC，埃及香烟的缩写。——译者注
② 哔叽，一种斜纹的毛织品。——译者注

姨妈打开算卦先生的信，与和神山前后进来的女佣美津一起，忙着倒茶。

"啊，电话里不是说比昨天好多了吗？虽然电话不是我接的。话说今天谁打的电话过来？是阿洋吗？"

"不，不是我。是神山吧？"

"是的。"美津倒着茶，轻轻插嘴道。

"神山？"

阿绢皱着眉头，靠近长火盆的旁边。

"怎么啦？这副表情。你那边人都好吗？"

"嗯，托您的福，都好。姨妈那边大家都好吗？"

洋一听着这样的对话，吸着卷烟，呆呆地望着柱子上的日历。中学毕业以来，他虽然知道今天是几号，但是一直记不起是周几。这让他心生寂寥。还有一个月，就是入学考试了，他根本不想参加。如果考不上的话……

"美津这阵子越来越有女人味了呢。"

洋一突然很清楚听到姐姐这句话。他什么都没说，只是吸着金嘴烟。这时美津早就下去厨房了。

"不管怎么说，她的脸特别招男人喜欢。"

姨妈终于整理好膝上的信和老花镜，轻蔑地笑着。阿绢眼神微妙，但很快想到了另一件事，说道："这是什么？

姨妈。"

"刚才神山去看了下墨色①。阿洋,你去看一下你妈,刚才她一直睡得挺好的……"

洋一本就厌烦,听到这话,立马在灰里灭了金嘴烟,好像逃离姨妈和姐姐视线一样,从长火盆前站了起来。接着,故作轻松地走向拉门对面的房间。

房间尽头的玻璃窗外面,可以看到狭窄的庭院。庭院里有棵粗大的冬青树,正对着洗手台。阿律穿着棉麻睡衣,额上放着冰袋,朝着庭院一动不动地躺着。枕边有个护士,那对近视眼正凑近膝上的病床日志,拿着钢笔奋笔疾书。

护士看到洋一,眼神娇羞地打了个招呼。洋一强烈地感到对方是异性,便冷淡地回了个招呼。接着绕过被角,在能看见母亲脸庞的地方坐了下来。

阿律紧闭双眼。本就薄薄的脸更是憔悴。但当她睁开发烧的眼睛,看到洋一在看着自己时,还是和平时一样露出了微笑。洋一觉得和姨妈、姐姐一直在饭厅唠唠叨叨是不对的。阿律沉默了一会儿,吃力地开口说道:

"那个……"

洋一只是点头。这时,母亲发烧的气味还是让他不快。

---

① 墨色,以墨来算卦。——译者注

但阿律说完后,再也没有继续说。洋一更感不安,甚至想着,这是不是遗言?

"浅川姨妈还在吗?"

母亲终于开口。

"姨妈在的,刚才姐姐也来了。"

"让姨妈……"

"姨妈怎么了?"

"没什么。给姨妈点份梅川的鳗鱼饭吧。"

这时,洋一笑了。

"你和美津说一下,好吗?就这事。"

阿律说完,换了下头的位置,冰袋掉了下来。洋一没让护士帮忙,自己把冰袋放回原处。不知为何,他感到眼眶里突然发热。他突然想着"我不能哭",但那时已经泪落鼻尖。

"傻儿子。"

母亲轻轻呢喃,疲惫地闭上了眼睛。

洋一脸颊通红,羞于看护士的眼,泄了气回到饭厅。浅川姨妈抬起头,越过肩膀看着他,问道:"你妈怎么样了?"

"她醒了。"

"醒是醒了,但是……"

姨妈和阿绢隔着长火盆面对面看着。姐姐向上翻了个白眼,用发簪搅动着发髻根部。不久,把手伸到火盆上说:"神山回来的事你没说吧?"

"我没说,姐姐你去说比较好。"

洋一站在拉门旁,重新系上松掉的腰带。他心里一直想着,不管怎样,妈妈都不能死,是的,不管发生任何事……

二

第二天早上,洋一和父亲在饭桌上面对面坐着。桌上还多了姨妈的碗,她昨晚住这儿了。因为护士梳洗太磨叽,姨妈代替她去照顾母亲。

父子俩动着筷子,时不时搭着话。这一周来,每天都只有两人孤单吃饭,但今天气氛比往常还要沉重。美津也不说话,只是端着盘子。

"今天慎太郎会回来吗?"

贤造望着洋一的脸,好像在等着他的回答。但洋一却沉默。到现在他都无法确定，哥哥今天回不回来，换句话说，哥哥到底回不回来。

"可能是明早回来吧。"

这次洋一不得不回答父亲。

"现在学校正好在考试。"

"是吗？"

贤造貌似在想什么，话只说了一半。一会儿，他让美津倒茶，说：

"你也得好好学习。因为慎太郎今年秋天要成大学生了。"

洋一添了碗饭，没回答。父亲最近不让他碰喜欢的文学，一个劲儿让他学习，让人厌恶。再说了，哥哥上大学和弟弟学习之间有什么联系吗？他不由嘲笑父亲的这种逻辑矛盾。

"阿绢今天没来吗？"

贤造迅速换了话题。

"可能要来。她说如果户泽医生来了，就给她去个电话。"

"阿绢那里也够呛的。他们也买了一些那玩意。"

"毕竟还是亏本了吧。"

洋一也开始喝起了茶。四月以来，市场上开始了从未有过的恐慌。现在已经波及贤造的店。因为一个大阪的同行突然破产，导致被迫垫款。除此以外，算上其他损失在内，至少亏了三万日元的样子。这些事洋一也听说过。

"希望不要亏得太厉害，不管怎么样，这样的经济状况，说不定哪一天就波及我家了。"

贤造半开玩笑地沮丧说道，吃力地离开饭桌。接着打开拉门，走进隔壁的病人房间。

"汤和牛奶都喝了吗？今天吃得不错啊，不多吃点也不行啊。"

"后面能把药也喝下去就好了，她现在一喝药就吐吧？"

洋一也听到了这对话。今早吃饭前，他去看了母亲，看她比昨天烧退了不少，翻身也轻松多了。母亲自己说："虽然肚子还是疼，但心情好多了。"而且现在食欲也来了，至今为止一直担心着她，现在应该康复有望了吧。洋一看着隔壁房间，心头笼上了喜悦。但如果太过乐观，抱着希望，说不定母亲病情又会恶化，他心中多少有着这样迷信般的担忧。

"少爷，你的电话。"

洋一的手依然放在榻榻米上，顺着声音方向回头，看到美津正咬着袖子，用抹布擦着餐桌。通知电话的是另一个年长女佣，叫阿松。阿松挂着束衣袖带子，垂着湿漉漉的手，站在能看见铜壶的厨房门口。

"谁打的？"

"谁打的呢……"

"真拿你没办法，每次都这样，到底是谁呢？"

洋一不满地发牢骚，立刻离开了饭厅。让稳重的美津听到自己教训固执的阿松，他心里有种莫名的快感。

打电话来的是上同一个中学的田村，他家是开药店的。

"今天，要不要一起去明治座[①]？是井上演的剧哦，井上演的话你会去看的吧？"

"我去不了。我妈生病了。"

"是吗？真不好意思，太可惜了。据说阿堀他们昨天去看了。"

聊完这些，洋一挂了电话，立刻爬上楼梯，和往常一样去了二楼的学习室。坐在书桌前，不要说备考了，他连读小说的兴趣都没有。书桌前有扇格子窗户，他便

[①] 明治座，东京剧院名。——译者注

向外望去。看到对面的玩具店前,有个穿着外褂的男人正用打气筒给自行车打气。不知怎么了,洋一看到这情景,便觉得心里慌乱。虽说如此,他又不想下楼,心里就这么堵着。最后他枕着书桌下的《汉日词典》,在榻榻米上躺着睡着了。

于是,他眼前浮现同母异父的哥哥的事,哥哥从今年春天开始就没再回家。但洋一从来没觉得自己对哥哥的感情与世上普通兄弟有什么不同。不,母亲带着哥哥再嫁的事,他也是最近才知道的。异父所生这事,他清楚地记得——

那时他们还是小学生。有一天,洋一和慎太郎玩扑克牌,就输赢吵了起来。那时,不管他怎么暴怒,冷静的哥哥啥也不说,时不时轻蔑地看着他。洋一无法忍受,把扑克牌扔到哥哥侧脸上,牌撒了一地。就在这时,哥哥猛地揍了他的脸。

"你别太过分!"

哥哥还没说完,洋一便向哥哥扑去。哥哥比他壮实很多,但他比哥哥更鲁莽。两人就像野兽一样,扭打了好一阵子。

母亲听到动静,慌忙来到客厅:

"你们在干吗？"

一听到母亲的声音，洋一便哭了。哥哥只是低着头，板着脸站着。

"慎太郎，你不是哥哥吗？为什么和弟弟打架，算什么本事？"

被母亲责骂，哥哥声音颤抖，但依然嘴硬："是洋一不好。刚才他把扑克牌扔到我脸上。"

"撒谎，是哥哥先打的我。"

洋一拼命哭泣，反驳哥哥。

"先耍赖的也是哥哥。"

"什么？"

哥哥又摆出姿势，往他那儿走了一步。

"你们就这么打起来了吗？你毕竟年纪大，但就是不让着弟弟，这就是你的不对了。"

母亲护着洋一，把哥哥推开。哥哥突然眼神凶狠：

"好啊好啊。"

就在这时，哥哥如同疯了一样准备打母亲。但手还没下来，他大哭起来，声音比洋一还大。

洋一不记得母亲当时是什么表情，但哥哥那懊悔的眼神现在还历历在目。可能哥哥只是对母亲骂自己这事生气而已。除此以外，不该再进一步揣测什么。但哥哥去了外地后，洋一感到自己眼中的母亲和哥哥眼中的母亲似乎不一样。他之所以这么认为，源于一段记忆……

三年前的九月，哥哥去外地上高中。出发前一天，洋一陪哥哥特地去了趟银座。

"暂时要和银座的大时钟分别了。"

哥哥拐过尾张町，半自语道。

"所以，你去一高不就行了。"

"我一点都不想去一高。"

"你老说这些不愿服输的话。去了乡下可不方便了，没有冰激凌，也没有电影。"洋一脸上都是汗，半开玩笑继续说道，"再说了，以后谁病了，你都没法立马回来。"

"那肯定啊。"

"如果妈妈去世了，你怎么办？"

哥哥走在人行道旁，回答洋一问题前，伸手摘了柳絮：

"妈妈去世，我也没啥伤心的。"

"胡说。"

洋一亢奋地说：

"怎么会不悲伤？不可能。"

"我没骗人。"

哥哥的声音带有感情,这让洋一意外。

"你不是老读小说之类的吗?那也能理解像我这样的人吧。可笑的家伙。"

洋一内心触动。同时,他记忆中又浮现出哥哥准备打母亲的眼神。他偷看了下哥哥,只见哥哥望着远方,无所事事地走着。

洋一想着这些事,越发不确定,哥哥会不会立刻回来。特别是考试开始后,哥哥可能觉得晚个两三天回来也没啥问题。晚一点就罢了,好歹也算回来了。正想到这里,他听到有人上楼梯的声音,立刻跳了起来。

接着楼梯上出现了眼神不好的浅川姨妈的上半身,她正弯腰上楼:

"哟,在午睡啊。"

洋一在姨妈的话中听出一丝讽刺,他还是把自己的坐垫给了姨妈。但姨妈并没有坐下,而是坐在桌子旁边,好像发生了什么大事一样,小声说道:

"我有事和你商量。"

洋一心里一慌:

"我妈怎么了?"

"不，不是你妈的事。其实是那个护士。真是没辙了。"

姨妈接着唠唠叨叨开始讲起了下面的话。昨天那个护士在户泽先生来看病的时候，特意把医生喊到饭厅，问道："医生，这病人到底还能活多久？如果很久的话，我准备辞职了。"她以为只有医生在场，没想到阿松在厨房听到了对话。阿松十分生气，告诉了姨妈。除此以外，姨妈观察到，那护士怠慢病人，居然花费一个小时化妆……

"虽然是生意，但这太过分了。因此，依我看来，把她换了为好。"

"是的，换了好。那我和爸爸说一下。"

那护士居然算计着母亲死期，与其说洋一生气，不如说他感到郁闷。

"但你爸刚才去工厂了。我不知怎么，忘了和他说了。"姨妈有些急躁，睁大溃烂的眼。

"我觉得，既然换人，那就早点换的好。"

"那我和神山说，让他立刻给护士协会打电话。等爸爸回来了，再告诉他一下就行了。"

"是的，那就这么办吧。"

洋一在姨妈前，快速走下楼梯：

"神山，你给护士协会打个电话。"

听到洋一的话，店里五六个人从散在各地的商品后面露出脸庞，惊讶地看着他。同时，神山从账台后冲了出来，花哨的哔叽围裙上沾着毛线头。

"护士协会是什么号码？"

"我以为你知道。"

洋一站在楼梯下面，和神山一起看着电话簿。店里气氛和往日一样，对他和姨妈的焦虑并不关心，这让洋一略微产生了一丝反感。

三

午后，洋一无意中来到饭厅。父亲穿着夏季外褂，似乎刚回来，坐在长火盆前。姐姐阿绢也在那儿坐着，在火盆旁撑着手肘，今天脖子上没有膏药，露出了圆形发髻下的漂亮脖子。

"我怎么会忘呢？"

"那你就照着去做吧。"

阿绢脸色比昨天还差，和洋一稍微打了个招呼。微微笑着，多少有些忌惮他在，小心地继续说道：

"如果你不帮帮我的话，我都觉得没面子了。你给我的股票现在都已经跌价了。"

"行了，行了，我都知道了。"

父亲面露不快，习惯性地用开玩笑的口吻说道。姐姐去年结婚的时候，父亲许诺的嫁妆，到现在还有一部分没有给。洋一知道这事，特意坐在远离长火盆的地方，默默展开报纸，望着早上田村邀请他去看的明治座的广告。

"所以我讨厌爸爸。"

"你讨厌，我比你还讨厌。你妈现在躺着，你还在这儿说这些话。"

洋一听到父亲的话，也听到拉门对面病房的动静。和平时不一样，阿律时不时发出痛苦的呻吟声。

"妈妈今天也受罪了啊。"

洋一自言自语，瞬间打断了父女的对话。但阿绢换了个坐姿，看着父亲的脸，开始感伤地责怪父亲：

"妈妈的病也是一样啊。我之前就说再请个医生，这样的话妈妈也不会这样。可爸爸你还是优柔寡断……"

"所以我不是请了谷村医生来吗？"

贤造表情苦涩，无奈地说道。洋一也感到姐姐的执拗有些让人讨厌。

"谷村什么时候来呢？"

"三点的样子来。刚才也给工厂那边打过电话了。"

"已经三点多了，还有五分钟就四点了。"

洋一抱着膝盖坐下，抬眼看着日历上悬挂的大挂钟。

"要不要让谁再打个电话？"

"刚才姨妈说已经打过了啊。"

"刚才？"

"就是户泽医生刚离开那会儿。"

他们在谈论的时候，阿绢脸色依然阴沉，突然从长火盆前站起，急忙走进旁边房间。

"你姐终于放过我了。"

贤造苦笑着，开始拿出腰里的烟袋。但洋一只是看了下挂钟，什么都没回答。

病房里依然传来阿律的呻吟声。可能是心理作用，这声音越来越大。谷村医生怎么了？当然他的病人不止母亲一个，现在可能在巡诊什么的。但钟已经打了四点，再怎么晚到，也该离开医院了吧。可能很快就到店门口了。

"怎么样？"

父亲的声音把洋一从阴郁想象中拉回来。他一看，不知何时拉门被打开，亮光里露出了浅川姨妈担心的脸：

"看起来特别痛苦啊。医生还没到吧？"

贤造说话前，先无滋无味地抽着卷烟，吐出烟圈：

"太难了。要不要让谁再打个电话呢？"

"是啊，哪怕救个急，后面再让户泽医生看。"

"我去打。"洋一马上站起来。

"这样啊。你去问一下'医生已经出发了吗？这里是小石川×××号'。"

贤造的话还没说完，洋一已经从饭厅飞奔向厨房。厨房里，阿松挂着束衣袖带子，刨着干鱼片。洋一疯狂穿过，向店里跑去，这时美津正好小跑着过来。两人差点相撞，好不容易避开。

"对不起。"

美津刚梳好头，散发着香味，她不好意思地道歉，吧嗒吧嗒往饭厅跑去。

洋一感觉不好意思，把电话话筒放在耳边。话务员还没来接，账台里的神山从背后向他说道：

"阿洋，你给谷村医院打电话吗？"

"是的，谷村医院。"

他拿着话筒，转向神山。神山并没有看他，把一本大账本放回金格子围起来的书架上：

"刚才那边已经打来电话了。美津应该去里面传话了。"

"都说啥了？"

"说医生已经出门了。阿良，是说的刚才出门吧？"

被叫名字的那个店员正踩在踏板上，把高处架子上装满了商品的箱子拿下来。

"不是刚才，是说这会儿差不多该到了。"

"这样啊，那美津应该早点告诉我啊。"

洋一挂断电话，准备再次返回饭厅。但无意瞥见店里的时钟，诧异地站住了：

"呀，这钟已经四点二十分了。"

"什么啊。这钟快了十分钟。才四点十分的样子。"神山扭转身体，看了看腰带上的金表，"是的，现在正好是四点十分。"

"那里面的钟确实慢了。谷村也太慢了。"

洋一稍稍犹豫，然后便大步走向店门口。夕阳西下，他望着寂静的街道。

"还是没来啊。总不会不认识我家在哪儿吧。神山，我出去看看。"

他回头和神山说道，穿上不知道是哪个店员脱下的木草屐。接着向汽车和电车奔驰的大街上飞奔而去。

大街就在他们店前面，不到五十米。街角有个泥灰房子，一半是小邮局，一半是洋货店。洋货店的装饰窗上，有麦秸帽和藤木杖的奇妙组合，还有花哨的泳衣，像真人一样陈列着。

洋一到洋货店门口，背对着橱窗站着，着急地看着街上的人来车往。然而，这条都是批发店的胡同里面，却没有一辆黄包车过来。偶尔来了汽车，也是挂着"空车"牌子的满是泥泞的出租车。

这时，有个十四五岁的店员从他家的店里骑着自行车过来。一看到洋一，一只手扶着电线杆，灵活地停车，踩着踏板说道：

"刚才田村打电话来了。"

"有什么事？"

问的时候洋一还在一直盯着热闹的大街。

"没有什么特别的事情。"

"你专门来就是告诉我这个吗？"

"不，我正准备去工厂。啊，对了，老爷说有事找你呢。"

"我爸？"

洋一这么说着，无意望着对面。突然忘了对方，从橱窗前飞奔而去。街上人不多，正好刚才有辆黄包车穿过大街来这里。就在这时，他冲到车辕前，举起双手，呼喊车上的青年：

"哥哥！"

车夫身体后仰，关键时刻刹住了车。车上的慎太郎穿着高中夏季校服，戴着白纹校服帽，两膝夹着箱子，结实的两手扶着。

"呀——"

哥哥眉毛都没动一下，俯看洋一的脸：

"妈妈怎么样了？"

洋一抬头看哥哥，感到身体里血液涌动，涌到双颊：

"这两三天恶化了。据说是十二指肠溃疡。"

"是吗？这……"

慎太郎很冷淡，没再多说什么。但酷似母亲的眼中闪过了一丝表情，那是洋一没预料，但潜意识寻求的表情。洋一对哥哥的表情感到愉快，又有一丝疑惑，断断续续快速说道：

"今天妈妈最难受,但哥哥回来了就好了。我们赶紧回去吧。"

慎太郎刚打了招呼,车夫便同时快速跑起来。慎太郎那时又想起,今早来东京的三等客车里坐着的自己。他的肩膀感受到身旁气色红润姑娘的肩膀,陷入沉思。与其亲眼看到母亲的死亡,不如死之后再去,这样悲伤能少一些。其间,他一直盯着勒克拉姆[①]出版的《歌德诗集》……

"哥哥,考试还没开始吗?"

慎太郎歪着身体,惊讶的视线寻向声音方向。那里,洋一正踩着木草屐,跟着黄包车跑着。

"考试明天开始。对了,你刚才在那边干什么呢?"

"今天谷村医生要来。但一直没见人影,我就站着等他。"

洋一这么回答,微微喘气。慎太郎想安慰弟弟。但话到了嘴边又不觉变得乏味:

"你等了很久吗?"

"等了十分钟的样子吧。"

"那不是店里的人吗?喂,就是那里。"

---
① 勒克拉姆,德国出版社。——译者注

车夫多走了五六步，大幅度转了下车辕，掉头停在店门口。这是慎太郎熟悉的、有着厚厚玻璃门的店。

四

一小时后，店铺二楼，以谷村医生为中心，贤造、慎太郎、阿绢丈夫三人齐聚一堂，表情沉重。等阿律接受诊断后，他们把医生请到二楼，想听一听结果。谷村医生体形健壮，喝完倒给他的茶，粗粗的指头把玩了好一阵马甲外的金锁，不久看着灯光下三人的脸，说道：

"你们是不是请了常来的医生，叫户泽的？"

"刚让人打电话了，说是一会儿就来。"

贤造看了下慎太郎，好像确认一样。慎太郎还穿着校服，面对着医生，局促地坐在父亲旁边：

"是的，说马上就来。"

"那么，等他到了再说吧。话说今天这天不放晴啊。"

谷村医生说着，拿出摩洛哥皮革做的烟袋。

"今年梅雨真长啊。"

"特别是云的走向不好，天气也好，萧条也罢，一直下去的话可就……"

阿绢丈夫刚好来看望病人,在旁边巧嘴滑舌地附和。这个和服店的年轻老板留着短短的胡须,戴着无框眼镜。看起来更像律师或公司职员。听着他们的对话,慎太郎觉得莫名烦躁,倔强地独自沉默。

但没过多久,户泽医生便来到他们中间。他穿着黑色和服外褂,似乎带着酒气,向第一次见面的谷村医生殷勤寒暄,带着浓厚的东北口音,向斜对面的贤造说道:

"已经知道诊断结果了吗?"

"不,想等您来了再说……"

谷村医生手指夹着一小截卷烟,代替贤造回答。

"因为也有必要听听您的意见。"

按照医生的问题,户泽详细地讲述了这一周阿律的情况。慎太郎发现,听到户泽的处方时,医生稀疏的眉毛微微挑动,他有些担忧。

但是话告一段落后,谷村医生大大方方地点了两三下头:

"好了,我搞明白了。还是十二指肠溃疡,但正如我刚才的判断,已经引起了腹膜炎。因为病人描述,下腹好像被人强行推着般剧痛。"

"啊，下腹像被人强行推着那样的剧烈疼痛吗？"

户泽把粗壮的胳膊撑在哔叽裙裤上，微微歪了下头。

大家屏住呼吸好一阵子。没有人开口说话。

"但和昨天比，烧退了很多啊……"

这时，贤造终于小心反问。但医生扔掉了卷烟，粗鲁地打断了他的话：

"这才糟糕啊。烧退了，脉搏反而快了。这病就是这样。"

"原来如此，这样的啊。我们年轻人多问问也是好事啊。"

阿绢的丈夫手交叉着，时不时理一理胡须。从姐夫的话里，慎太郎感到形如陌路的冰冷。

"但我诊断的时候，并没有看出腹膜炎的症状啊。"

户泽这么说道。谷村医生给予职业的礼貌回答：

"是吧？可能是你看之后发作的。首先病情不是那么严重。不管怎么样，现在肯定是腹膜炎。"

"那能不能马上入院治疗？"

慎太郎脸色阴沉，开始插话。医生觉得意外，他抬起沉重眼皮看着慎太郎：

"现在不能动她。首先尽量让她腹部被焐热。如果疼痛加剧，就拜托户泽打针。今晚肯定还会疼。每种病都不好受，这个病更是痛苦。"

谷村医生这么说完，阴郁地看着榻榻米，突然想起什么一样，穿着西装的他掏出了马甲里的表，说道："那我先走了。"

慎太郎和父亲、姐夫一起感谢医生的出诊。他感到自己脸上此刻应该满是失望。

"请医生这两三天再来看一下。"

户泽在寒暄后，低着头说道。

"好，我可以随时来，但……"

医生最后这么说道。慎太郎走在最后面，下着楼梯，心里无限感慨，万事皆休。

五

户泽和阿绢丈夫离开后，慎太郎换了和服，和浅川姨妈、洋一一起，坐在饭厅，围着长火盆。拉门对面依然传来阿律的呻吟声。三人在电灯下，低落谈话，大家都知道，自己在听着那呻吟声。

"这不行啊，她太痛苦了。"

姨妈拿着火钳子，茫然盯着某处。

"户泽医生说不要紧啊。"

洋一没有接姨妈的话，而是向吸着埃及香烟ECC的哥哥说道。

"这两三天没啥大事。"

"户泽说的话不可信啊……"

这次轮到慎太郎沉默，把烟灰抖到火盆里。

"阿慎，你刚回来时，妈妈有没有说什么？"

"她什么都没说。"

"但是她笑了。"

洋一在旁边观察着，望着哥哥那安静的脸。

"嗯，去妈妈那边时，有没有闻到有一股很香的气味？"

姨妈仿佛在催着洋一回答，眼睛微笑着看着他。

"那是阿绢刚才带了香水，洒上去的。洋一，叫啥来着？那香水。"

"叫什么呢？可能叫地板用香水之类的吧。"

这时，阿绢从房里轻轻探出病人一样的脸：

"爸爸不在吗？"

"他去店里了。有什么事？"

"啊，妈妈有事找他……"

阿绢才说着，洋一立刻从长火盆前站了起来：

"我去喊他。"

洋一离开饭厅后，阿绢抱着两臂悄悄走来，太阳穴上还贴着药膏，怕冷似的在洋一站起来的地方坐下。

"怎么样？"

"药咽不下去啊。但这次护士年长，这让人放心。"

"体温呢？"

慎太郎插嘴问，并不美味地吐着烟圈。

"刚才量的是37.2℃。"

阿绢把下巴埋进衣襟里，看了下慎太郎，仿佛想着什么。

"比户泽医生在的时候降了一点点。"

三人沉默了很久。这时，宁静中传来了踩地板的声音。洋一领着贤造匆忙从店里回来了。

"刚才你家里打电话来了。说让老板娘回一下电话。"

贤造和阿绢交代道，立马去了隔壁房间。

"没办法啊。家里两个女佣，完全用不起来。"

阿绢咋着舌头，面对浅川姨妈。

33

"现如今的女佣啊。我家里也有女佣,反而多出不少事端。"

两人聊着的时候,慎太郎吸着金嘴香烟,和无所事事的洋一聊了起来:

"考试准备得怎么样了?"

"在准备,但今年打算放弃了。"

"你还是光在写和歌吧?"

洋一一脸厌恶,也点了根烟:

"我不是哥哥那样的学霸,我最讨厌数学了。"

"讨厌也必须得学啊。"

慎太郎还没说完,护士不知何时来到拉门边,姨妈和她小声说话,隔着火盆向他喊道:

"阿慎,你妈喊你。"

他扔掉了吸了一部分的香烟,默默站起来。似乎是推开了护士,鲁莽地进了隔壁房间。

"过来,你妈有话要说。"

父亲独自坐在枕边,向他说道。他听从了,迅速坐在母亲跟前:

"什么事啊?"

母亲枕着方枕,梳了个发髻。布罩下的灯光下,脸庞更显憔悴：

"啊，洋一好像不怎么学习啊。你多说说他，他听你的。"

"我知道，我常说他。其实今天又说了这话。"

慎太郎回答，声音比往常更大。

"这样啊，你别忘了哦。我到昨天为止，都觉得自己要死了。"

母亲忍着腹痛笑了，露出牙龈。

"可能是帝释天的御符吧，今天烧退了。这么下去就能痊愈了。美津的叔叔也得过十二指肠溃疡，据说半个月就好了。看来这病也不难治。"

慎太郎觉得母亲可怜，都这会儿了，还指望着御符的庇护：

"肯定会好的。没事的，肯定会好的。你要好好吃药。"

母亲微微点头。

"那现在就喝一点药吧。"

护士来到枕边，麻利地把液体药管凑近阿律嘴巴。母亲闭着眼睛，吸了两口。慎太郎心情瞬间明朗了。

"还可以啊。"

"这次好像顺利喝下去了。"

护士和慎太郎交换了亲切的眼神。

"如果能喝药就太好了,但是会拖得长一些吧。等天气热了,她也能起床了。到时候,我们用冰绿豆汤代替红豆米饭来庆祝吧。"

贤造开着玩笑,慎太郎依然跪着,准备悄悄离开。这时,母亲看着他,突然发出疑问:

"演说,今晚哪里有演说?"

他愣了一下,看向父亲,向他求救。

"没有什么演说啊,哪里都没有。今晚好好睡一觉吧。"

贤造安慰着阿律,又用眼神示意慎太郎。慎太郎急忙抬起膝盖,回到了灯光明亮的隔壁饭厅。

饭厅里,姐姐、洋一、姨妈还在窃窃私语。一看到他,便齐刷刷抬起头来,一副想知道病房消息的表情。但慎太郎什么都没说,依然是冷峻的眼神,盘腿坐回原来的坐垫上。

"什么事啊?"

首先打破沉默的是阿绢,她依然把下巴埋在衣襟里,脸色不好。

"什么也没说。"

"看来妈妈就是想看看你的脸罢了。"

慎太郎从姐姐的话中听出了嘲讽的语气。但他只是苦笑,什么都没回答。

"洋一,今晚你值夜吗?"

沉默了半天后,浅川姨妈打着一个一个哈欠,问洋一。

"嗯,姐姐说今晚也要值夜的。"

"阿慎你呢?"

阿绢抬起薄眼睑,盯着慎太郎的脸。

"我都可以。"

"阿慎你总是这么优柔寡断啊。上了高中,我还以为你会果断些呢。"

"阿慎今天累了吧。"

姨妈半教育的口气,阻止了阿绢高声说话。

"今晚还是早点睡的好。值夜什么的,又不是今天一个晚上。"

"那我就先睡了。"

慎太郎又点燃了弟弟的埃及香烟。看了垂死的母亲,内心却莫名轻松,这让他厌恶自己的浅薄……

六

慎太郎在店铺二楼躺下,那时已经是晚上十二点了。和姨妈说的一样,他感到旅途疲劳。关灯后,他却辗转反侧,完全没有睡意。

父亲贤造躺在身旁,静静地打呼。至少有三四年没和父亲同屋共眠了。父亲以前好像不打呼噜的吧。慎太郎不时睁眼,看着父亲的睡姿,对这事感到奇怪。

他的眼眸深处,依然涌动着各种关于母亲的记忆。有快乐的记忆,也有憎恶的记忆。但不管是什么记忆,现在看来都让人寂寞。"都已经过去了。好坏都没办法了。"慎太郎这么想着,在黏糊糊的方枕上躺下平头脑袋。

还在上小学时,一天父亲给慎太郎买了一顶新帽子。那正是他渴望的长檐大黑帽。姐姐阿绢看到后,便说自己下个月要参加长歌会,也需要件和服。父亲嘿嘿笑着,没接话。姐姐立马生气,转过身愤愤不平地发牢骚:

"你就好好疼阿慎一个人吧。"

父亲有些慌乱,但依然带着浅笑:

"和服和帽子不是一件事啊。"

"那妈呢？她不是不久前才做了和服外褂吗？"

姐姐转身看父亲，突然露出阴险的眼神。

"那时不是给你也买了簪子和梳子吗？"

"是买了，那不是应该买的吗？"

姐姐手伸到头上，突然把白菊花簪扔到榻榻米上：

"什么破发簪。"

父亲也拉下脸来：

"不要犯傻。"

"反正我笨呗。没有阿慎聪明。因为我妈就笨。"

慎太郎脸色铁青，望着两人争论。但当姐姐开始哭泣时，他默默地拿起地上的发簪，动手去撕扯上面的花朵。

"阿慎，你在干吗啊？"

姐姐发疯了一样，扑上去拉住他的手。

"你不是说不要这簪子吗？都不要了，随我怎么弄都无所谓啊。你算什么啊，就是个女人，想打架你就来吧。"

慎太郎不知何时哭了，固执地和姐姐争抢那支花簪，直到上面的菊花瓣全部被扯完。但他脑中某处又不可思议地鲜明映现出，姐姐失去亲生母亲的内心。

慎太郎听到，有人悄悄地爬上黑暗的楼梯。接着美津在楼梯口，轻轻地向这里喊着：

"老爷!"

以为贤造睡着,没想到他马上从枕头上抬起头:

"什么事?"

"夫人让您去。"

美津声音颤抖。

"好的。我这就去。"

父亲走下二楼后,慎太郎睁大眼,好像听着家中所有的声音,身体僵硬地躺着。这时不知怎么了,脑中清晰浮现出岁月静好的回忆,和现在的心情不符。

那也是上小学时,母亲带着他一人,去给生父谷中扫墓。天气晴朗的周日午后,墓地的松树和篱笆间开着白色的辛夷花。母亲来到一座小小墓地前,告诉他这就是他生父的墓地。但他站在前面,只是随便行了礼。

"就这样了吗?"

母亲向墓地上供水,微笑着问他。

"嗯。"

对于未曾谋面的生父,他有种淡漠的亲近感,但对这块可怜的石碑,他没法怀有任何情感。

母亲在墓前合掌。于是,他突然听到附近有气枪射击的声音。慎太郎留下母亲,往声音方向跑去。绕着篱笆一大圈，到了狭窄的街道上。他看到比他大的孩子正和两个像是弟弟的人一起，一手拿着气枪，惋惜地抬头望着不知何处的茂密树梢……

这时他又听到有人上楼梯，突然不安涌上心头。他欠起半个身子，向楼梯口问："是谁？"

"你还没睡啊？"

是父亲的声音。

"你怎么啦？"

"刚才你妈说有事，我下去看了下。"

父亲声音忧郁，躺回刚才的被子里。

"有事？情况坏吗？"

"什么啊，说是有事，只是告诉我，明天去工厂的话，穿衣柜上面抽屉里的单衣。"

慎太郎可怜起母亲。与其这么说，不如可怜身为妻子的母亲。

"但还是很难啊。刚去看了下，她还是很痛苦。说是头剧疼，不停摇着头。"

"让户泽医生再打一针吧。"

"不能老是打针啊。其实我想，反正挺不过去，至少得减轻痛苦吧。"

黑暗中，贤造好像一直望着慎太郎的脸。

"你妈当了一辈子好人，怎么让她受这个苦呢？"

两人沉默片刻。与父亲面对面又沉默，这让慎太郎难受：

"大家都睡了吧？"

"姨妈去睡了，不过不知道能不能睡着。"

父亲还没说完，突然从枕上抬头，侧耳听着什么。

"爸，妈喊你去。"

这次是阿绢在楼梯一半的地方，轻声叫。

"我来了。"

"我也起来了。"

慎太郎脱下薄棉睡衣。

"你躺着就好了，有啥事来喊你。"

父亲跟在阿绢后面，匆忙又下楼了。

慎太郎盘腿在地板上坐了一会儿。不久站起来打开电灯。接着坐在炫目灯光中，茫然地环视四周。突然他想到，母亲喊父亲过去不是真的有事，可能只是让父亲到床边陪着她而已。

这时，他发现掉在地上的一张纸，上面还写着字。他无意捡起来。

"献给 M 子……"

后面是洋一的歌。

慎太郎把纸扔出去，两手放在头后面，仰卧在被子上。瞬间，眼睛晶亮的美津的脸庞又清晰浮现……

七

慎太郎睁开双眼，窗户的缝隙里透出黎明的微凉。二楼，姐姐阿绢和贤造正小声说着什么。他立马跳了起来。

"好了，好了，你还是去睡一会儿吧。"

贤造和阿绢这么说道，便匆忙走下楼梯。

窗外屋檐瓦上有瀑布流下的声音。慎太郎琢磨着下雨了，便立刻换掉了睡衣。阿绢松开腰带，稍带嘲讽地说：

"阿慎，早上好。"

"早上好，母亲怎么样？"

"昨晚痛苦了一夜。"

"是不是睡不着？"

"她自己说睡得好，但我在旁边看着，连五分钟都没好好睡着。后来又说胡话，让我半夜心惊肉跳的。"

慎太郎已经换好衣服，站在楼梯口。从那里看到厨房里面，美津正挽起和服下摆，拿抹布擦着什么。听到他们说话，她连忙放下卷起来的下摆。慎太郎扶着黄铜栏杆，不知为何竟然觉得下去不好意思。

"胡话是什么？"

"半打。半打不就是六个吗？"

"可能是意识模糊，现在怎么样？"

"户泽医生现在来了。"

"来得很早啊。"

慎太郎等美津离开后，慢慢下了楼梯。

五分钟后，他来到病房，看到户泽医生正在注射强心剂。枕边的护士正护理着母亲。就像昨天父亲说的那样，母亲在白色方枕上，不停晃动她梳着发髻的头。

"慎太郎来了哦。"

坐在户泽旁边的父亲大声告诉母亲，然后给慎太郎使了个眼色。

他在户泽医生对面坐下来，父亲正好相对。洋一正交叉着胳膊，呆呆地看着母亲的脸。

"握一下她的手吧。"

慎太郎听父亲的话，两手握住母亲的手。母亲的手冰冷，还有黏汗，让人害怕。

母亲看到他的脸，眼睛似乎在示意，又马上看到户泽医生，说道：

"医生，我是不是快不行了？因为我感到手麻。"

"不，没有的事。你再忍个两三天就好了。"

户泽医生把手洗了下。

"很快就好了。哟，这里放着好多东西呢。"

母亲枕边的盆上，满满当当摆着大神宫[①]和氏神[②]的符、柴又[③]帝释的雕像。母亲抬眼看着那只盆，断断续续地喘着回答：

"昨晚我太痛苦了。但今早，肚子的疼痛好多了。"

父亲小声和护士说：

"她舌头好像有些痉挛。"

"嘴巴干了吧。给她擦点水吧。"

慎太郎从护士手里拿过浸了水的笔，给母亲嘴唇涂了两三下。母亲舌头舔笔，吸着上面不多的水。

---

① 大神宫，日本伊势的神宫。——译者注
② 氏神，即土地神。——译者注
③ 柴又，现日本东京葛饰区柴又町。——译者注

"那么，我还会来的，不用担心。"

户泽医生收拾好包，大声和母亲说道。接着回头看着护士说：

"十点的样子，你把剩下的注射掉。"

护士口中应答，一副不服的表情。

慎太郎和父亲来到病房外，送户泽离开。隔壁房里，今早也只有姨妈一个人垂头丧气。户泽医生从那里经过时，姨妈殷勤寒暄，他只是眼神致意，和身后的慎太郎说道：

"备考得怎么样啦？"但立马发现问错人了，他开心大笑，却让人不快。

"对不住。我把你当成你弟弟了。"

慎太郎也是苦笑：

"最近看到弟弟，我也是一直讲考试的事。可能因为我儿子也在备考吧。"

户泽经过厨房时，也还是嘿嘿笑着。

医生冒雨离开后，慎太郎让父亲留在店里，自己匆忙回到饭厅。饭厅里，洋一正抽着烟坐在姨妈旁边。

"困吧？"

慎太郎如蹲着一样，跪坐在长火盆旁边，说道。

"姐姐已经睡了。你也快点去二楼睡一会儿吧。"

"嗯，昨天抽了一夜烟，舌头完全麻了。"

洋一脸色阴沉，把没剩多少的烟头扔进火盆。

"但是妈妈已经不呻吟了。"

"看起来似乎舒服些了。"

姨妈烧着母亲怀炉用的怀炉灰。

"一直被折磨到四点。"

这时阿松从厨房伸出脸来，银杏髻散乱：

"夫人，老爷请您去一下店里。"

"好好，我这就去。"

姨妈把怀炉递给慎太郎：

"阿慎，你看好你妈。"

姨妈说完走了。洋一忍住哈欠，抬起沉重的腰：

"我也去睡一会儿。"

慎太郎独自一人，把怀炉放在膝上，准备好好思索一番。但到底想什么，他自己也不知道。他脑中只有大雨声，充斥着看不见的屋顶上空。

突然护士慌慌张张从隔壁房间跑出来：

"快来人啊，谁来一下！"

慎太郎立刻起身，冲进隔壁房间。粗壮的胳膊紧紧抱住母亲：

"妈妈，妈妈。"

母亲在他怀里抖动了两三下身体，接着吐出青黑色液体。

"妈妈！"

没人来的那几秒里，慎太郎大声呼喊着母亲，紧紧盯着已经断气的母亲的脸。

1920 年 10 月 23 日

葱

明天就是交稿日。今晚,我想一口气写完这篇小说。其实并非我想,而是必须完成。若问我写了些什么,且读下文。

神田的神保町附近有一家咖啡馆,店里有位女侍,名唤阿君。据说十五六岁,但看上去比实际年龄大一些。

阿君生得皮肤白皙、明眸皓目，鼻梁虽略翘，但仍算个美人。中分的秀发中插着一支勿忘草花簪，当她系着白围裙，站在自动钢琴①前时，活似竹久梦二②的画中美人。因此，咖啡馆的常客们似乎早就给她取了"通俗小说"的绰号。除此以外，她的绰号还有很多。因为发簪上有花，被称为"勿忘草"；因为形似美国电影女演员玛丽·璧克馥③，被称为"玛丽·璧克馥小姐"；因为她是咖啡馆不可或缺的灵魂人物，被称为"方糖"等。

除了阿君，店里还有一位年龄稍大的女侍，名叫阿松，容貌却远不及阿君。如果说阿君犹如白面包，那么阿松就好似黑面包。因此，虽然她俩同店上班，小费却有天壤之别。阿松自然对这种收入差距感到不平衡。最近这种不平衡感越来越强烈，阿松开始胡乱散布谣言。

一个夏日的午后，阿松负责接待的某桌来了一位客人，看起来像外语学校的学生。客人叼着一根卷烟，划着火柴准备点烟。谁料邻桌电扇风力太大，火柴还未凑

---

① 自动钢琴，利用气阀可以自动弹奏的钢琴，发明于19世纪末。——译者注
② 竹久梦二（1884—1934年），日本画家、诗人。他画笔下的女性栩栩如生，感情细腻，被称为"梦二式美人"。——译者注
③ 玛丽·璧克馥（1892—1979年），美国早期电影明星，曾获奥斯卡最佳女主角奖。——译者注

近就被吹灭。这时,阿君正好路过,为了挡住风力,她在客人和电扇之间站了片刻。学生趁机点燃了卷烟,晒黑的面庞微笑着说:"谢谢你!"很明显,客人领了阿君这份好意。于是,站在账台前的阿松拿起本该由她端送的冰激凌碟,尖锐地盯着阿君,娇嗔道:"你把这碟子端过去吧!"

这样的纠葛一周之内发生了好几次。于是,阿君便不再与阿松搭话。鉴于咖啡馆所处地段特殊,客人中学生比例较高。阿君总是站在自动钢琴前,默默地热情服务学生们,这对心中大怒的阿松来说,是一种无言的炫耀。

然而,阿君和阿松关系不好并不仅仅因为阿松的嫉妒之心,阿君内心深处看不上阿松的低级趣味。阿君觉得,这都是阿松小学毕业后,光听浪花调[①],吃什锦甜凉粉[②],只知道纠缠男人的缘故。那么,阿君的爱好有哪些呢?我们姑且暂时离开这热闹的咖啡馆,去附近小巷深处某梳发师的二楼看一看。阿君租了这里的二楼房间,除了去咖啡馆上班,其余时间都在那里度过。

---

① 浪花调,日本江户时代末期流行的三弦伴奏的民间说唱歌曲。——译者注
② 什锦甜凉粉,日本传统甜点,多种食物混合而成的甜味凉粉。——译者注

二楼房间天花板较低，只有六张榻榻米①大小。从西窗向外望去，满眼尽是瓦屋顶。靠窗的墙边，放着一张盖着花布的桌子。称它为桌子只是为了图方便，其实只不过是张破破烂烂的矮脚饭桌。桌上摆放着半旧的洋装书，有《不如归》②《藤村诗集》③《松井须磨子④的一生》《新牵牛花日记》⑤《卡门》⑥《高山望谷底》⑦，还有七八本妇女杂志。遗憾的是，我的小说集却一本都没有。

　　此外，桌旁橱柜清漆剥落，上面摆着细脖花瓶，掉了一片花瓣的百合假花优雅地插于瓶中。可以想象，如果花瓣没有脱落，这花定然仍摆在咖啡馆桌上。橱柜上方的墙面上，用图钉固定着三四幅杂志图。最中央的是

---

① 日本传统房间面积用榻榻米块数来计算。一张榻榻米传统尺寸是宽90厘米，长180厘米。——译者注
② 《不如归》，日本作家德富芦花于1898 1899年创作的长篇小说，是一部不朽的现实主义小说。——译者注
③ 岛崎藤村（1872—1943年），日本诗人、小说家。1904年汇成《岛崎诗集》，对日本现代诗歌有巨大影响。
④ 松井须磨子（1886—1919年），日本新剧女演员，主演《复活》《卡门》等多部名著，其夫去世后自杀身亡。——译者注
⑤ 《新牵牛花日记》，日本戏剧家冈本绮堂创作的剧目。——译者注
⑥ 《卡门》，法国作家梅里美的短篇小说，发表于1845年。——译者注
⑦ 《高山望谷底》，日本作家奥野他见男的作品。——译者注

镝木清方[①]的元禄美女图，下方是拉斐尔的圣母小像，上方是北村四海[②]的美女雕刻，似乎正向一旁的"贝多芬"频送秋波。然而，这只是阿君以为的"贝多芬"，实际上是美国总统伍德罗·威尔逊。对于北村四海来说，真是极大的讽刺。

显而易见，阿君的兴趣极富艺术色彩。实际上，她每日从咖啡馆深夜归来，必定要在"贝多芬"（实则为威尔逊）的肖像下朗读《不如归》，凝视着百合假花，沉浸在比新派悲剧电影中月夜场面更为伤感的艺术世界中。

樱花盛开的一个夜晚，阿君独自伏案，在粉色信笺上奋笔疾书，一直写到头遍鸡鸣。一页写好的信纸掉落桌下，第二天她去咖啡馆上班时仍未察觉。窗口拂进一缕春风，将信纸吹到楼梯口，那里摆着一面由金黄布罩着的镜子。一楼的女梳发师知道阿君时常收到情书，便以为这粉色信纸也是情书之一。出于好奇心，她特意看了看，却意外发现上面似乎是阿君的笔迹。于是，她认为这是阿君给谁的情书写的回信。只见上面写着："我一想到您与

[①] 镝木清方（1878—1972年），日本画家，擅长美女画、人物画、社会风情图。——译者注

[②] 北村四海（1871—1927年），日本雕刻家。——译者注

武男分离，便心如刀割。"原来，阿君一夜未眠是在给浪子夫人①写慰问信。

实际上，我写这段插话时，不禁对阿君的多愁善感而微笑，但我的微笑毫无恶意。阿君生活的二楼房间中，除了百合假花、《藤村诗集》和拉斐尔的圣母小像外，还摆放着做饭的必需厨具。这些厨具象征着艰难的东京生活，曾无数次压迫着阿君。虽世态炎凉，但透过泪眼，仍能窥见美好世界。阿君沉浸于为艺术涌起的热泪中，以躲避现实的摧残。那里既没有每月六块钱的房租，也没有七毛一升的米钱。卡门不用担心电费，愉快地打着响板。浪子夫人虽然日子难过，但还不至于买不起药。简而言之，世事艰辛、暮色茫茫，这泪水悄悄点亮了人间之爱的火光。啊，午夜时分，东京街头已然褪去喧闹。我想象着，仅有十瓦的昏暗灯光下，阿君抬起泪眼，独自向往着逗子②的海风和科尔多瓦③的夹竹桃。唉，我真糊涂，诚然没有恶意，却把自己搞得伤感起来。虽然我本来是个理性之人，世间评论家甚至说我冷淡无情。

---

① 浪子夫人，《不如归》的女主角。患病后被迫与丈夫武男分离，最终忧郁而终。——译者注
② 逗子，位于日本神奈川县，西部临海，有著名海水浴场。——译者注
③ 科尔多瓦，西班牙南部城市。——译者注

一个冬日的夜晚，阿君很晚才从咖啡馆回来。一开始，她和往常一样坐在桌前阅读《松井须磨子的一生》之类的书。一页还没读完，但不知怎么回事，她好像突然对那本书变得非常厌恶，狠狠地将其扔在榻榻米上。接着，阿君侧歪着头，胳膊肘支在桌上，托着腮帮，冷淡茫然地望着墙上的威尔逊。哦不，对她来说，那是贝多芬的肖像。这般行为自然不同寻常。难道阿君被咖啡馆炒鱿鱼了？是阿松变本加厉欺负她了？还是龋齿又痛了？不，阿君心中所念绝非俗事。如同浪子夫人、松井须磨子一样，她正为爱而苦恼。阿君芳心暗许何人？幸好她仍望着墙上的"贝多芬"，半天没有要动的样子。趁此机会，我赶紧介绍下阿君这位荣幸的恋爱对象吧。

阿君的对象叫田中，是位并不出名的艺术家。田中是位才子，作诗、拉小提琴、画油画、演戏、玩歌骨牌[①]、弹唱萨摩琵琶[②]，样样都会。所以，究竟哪个是本行，哪个是爱好，没有人能判定。田中有着一张演员般光滑的脸蛋，头发如油画颜料般光亮，声音如小提琴般温柔，说的话如诗般入心，追女人像抢歌骨牌般迅猛，赖账像

---
① 歌骨牌，日本江户时代流行的纸牌游戏。——译者注
② 萨摩琵琶，日本室町时代萨摩国（今日本鹿儿岛）的琵琶曲。——译者注

弹唱萨摩琵琶曲般果断有力。

田中头戴宽檐黑帽,身着看似廉价的猎装,系着葡萄色的波西米亚领带。如此描述,大家便能大致明白吧。田中之辈已成为一个群体,只要去神田本乡一带的酒吧、咖啡馆、青年会馆、音乐学校的音乐会(但只限于最廉价座位)、兜屋和三会堂[①]的展览会等处,必定能看到两三位这样的人物正在傲视大众。因此,若想更清晰地看看田中的模样,去前述地点即可。我不想再写了。当我费心介绍田中时,不知何时阿君已然站起,打开格窗,凝望着窗外的茫茫夜色和如水寒月。

瓦屋顶上空的月光洒在细脖花瓶的百合假花上,洒在墙上拉斐尔的圣母小像上,洒在阿君微翘的鼻上。但阿君的一双清眸中却无月光闪耀,下霜的瓦屋顶似乎也未入她眼帘。今晚,田中从咖啡馆送阿君回来,甚至约好明晚共度良宵。巧的是,明日恰逢阿君每月一次的假期。于是两人约定下午六点在小川町电车站碰头,然后到芝浦观看意大利马戏团演出。阿君从未与男人一同出游,一想到明晚要像世间恋人一般和田中去看马戏,更觉面红耳赤,心跳加快。对于阿君来说,田中就是掌握

[①] 兜屋与三会堂均为东京市内的画廊。——译者注

开启宝库咒语的阿里巴巴。当田中念咒时,阿君面前将会出现何等欢乐的秘境?从刚才开始,阿君便一直心不在焉地望着月亮,她胸中犹如风起的大海,又如即将奔驰的汽车马达,汹涌澎湃地描绘着不可思议的奇妙世界。在那里,玫瑰盛开,铺满道路,洒落着很多养殖珍珠戒指和翡翠样的和服腰带扣。夜莺鸟语悦耳,那声音如同蜜糖一般从三越[①]的旗帜上流淌下来。大理石宫殿,橄榄花香四溢,道格拉斯·费尔班克斯先生和森律子小姐[②]的舞蹈渐入佳境……

然而,我要为阿君的名誉补充几点。阿君那时想象的幻境中,时不时飘过乌云,似乎将威胁所有的幸福。当然,阿君肯定爱着田中。但她爱的是被赋予了艺术光环的田中,作诗、拉小提琴、画油画、演戏、猜歌骨牌、弹唱萨摩琵琶曲的兰斯洛特爵士[③]。处女的敏锐直觉告诉阿君,这位兰斯洛特爵士的本来面目颇为怪异。此刻,让人不安的阴云飘过幻境,却很快消散。阿君再怎么老成,也只是位十五六岁的少女,何况饱含艺术激情。除

[①] 三越,日本东京银座的百货大楼。——译者注
[②] 森律子(1890—1961年),日本话剧女演员。——译者注
[③] 兰斯洛特爵士,亚瑟王圆桌武士中的第一武士。——译者注

非怕身上的和服被雨淋湿,或对莱茵河落日的明信片发出感叹之声外,阿君不太会留意阴云,这也并不奇怪。何况玫瑰盛开,铺满道路,洒落着很多养殖珍珠戒指和翡翠样的和服腰带扣……这些前文已有提及,请大家自行阅读。

就像沙瓦讷画笔下的圣热纳维耶芙一样,阿君久久伫立,凝望着洒满月光的瓦屋顶。然后打了个喷嚏,随即砰地关上格窗,又侧身坐回桌前。到翌日下午六点,阿君后来干了什么,很遗憾我也不知道。我作为作者,为何不知道呢?实事求是地说,因为我必须今晚写完这篇小说。

第二天下午六点,阿君身着奇怪的紫蓝色和服外套,披着奶油色披肩,较平日略匆忙,赶到夜色下的小川町电车站。到那儿一看,田中已在红色电灯下等候。他依然压低宽檐黑帽,臂下夹着白铜把细手杖,竖着粗纹短大衣的领子。那张白脸比平时更光滑,微微散发出香水味,看得出他今晚精心梳洗了一番。

"让你久等了吧?"

阿君抬头望着田中的脸,气喘吁吁地说道。

"哪里哪里。"田中毫不介意地回答,眼中含笑,静静地盯着阿君。接着身子一颤，又说，"我们走一走吧。"话刚说完，田中已沿着弧光灯下熙熙攘攘的大街，向须田町方向走去。然而，马戏表演是在芝浦，哪怕步行，也应该向神田桥方向走才对。阿君站着没动，手按住被尘风吹起的奶油色披肩，奇怪地问道："是往那边走吗？"

"是啊。"越过肩膀传来田中的柔声回答。他继续向须田町方向走去，没办法，阿君只能跟上。柳叶飘扬，两人并肩而行。这时，田中眼中泛着飘忽不定的微笑，窥视着阿君的侧脸，说道："今天对不住你了，听说芝浦的马戏昨晚就结束了。要不今晚去我知道的饭馆一起吃饭吧！"

"嗯，我都行。"

阿君感觉到，田中轻轻地牵起了自己的手，便用期待、害怕又颤抖的声音轻轻答道。同时，她又感到热泪盈眶，就像阅读《不如归》时一样。透过感动的泪眼，她眼中的小川町、淡路町和须田町自然无比美丽。岁末大促销的音乐声、眼花缭乱的仁丹广告灯、圣诞树上的装饰、蜘蛛网般悬挂的万国国旗、橱窗中的圣诞老人、货架上摆放的贺年卡与日历……在阿君眼中，这一切都在高歌着幸福恋曲。世界永远闪耀，今夜星光不再寒冷。时不时刮来的尘风,卷起大衣衣角,瞬间又变为春日暖风。幸福、幸福、幸福……

这时阿君发现,不知何时两人已经拐过街,走在另一条窄窄的街道上。街右侧有家小小的蔬果店,锃亮的瓦斯灯照着满满当当的白萝卜、胡萝卜、腌菜、葱、小蔓菁、慈姑、牛蒡、山芋、油菜、土当归、莲藕、芋头、苹果、橘子等。走过蔬果店前时,阿君的视线偶然落在葱堆中的价格牌上。竹竿上夹着一块木片做的价格牌,上面用浓墨写着"一把四分钱",字迹拙劣。当今物价飞涨,四分钱一把的葱十分少见。阿君本沉浸在恋爱和艺术的幸福中,看到这块便宜的价格牌,突然从梦中惊醒。正如常言所道,千钧一发,瞬间转换。玫瑰、戒指、夜莺、三越彩旗等,瞬间消失殆尽。取而代之的是房租、米钱、电费、煤钱、鱼钱、酱油钱、报纸费、化妆品钱、交通费……其他所有的生活费和曾经的艰苦生活一起,如同飞蛾扑火般从四面八方涌向阿君小小的胸膛。阿君不由止步,撇下目瞪口呆的田中,走向灯火照耀的蔬果店。最终,她伸出纤细的手,指着标有"一把四分钱"的葱,用唱《流浪之歌》的声音说道:"给我拿两把。"

街上尘风吹拂,头戴宽檐帽、竖着粗纹短大衣领的田中，夹着白铜把手杖可怜兮兮地孑然站立。从刚才起，他脑中就浮现出街尽头装着木格门的房子。那是一座简易二层楼，房檐下挂着一盏门灯，上面写着"松之家"几个字，换鞋处的石板是潮湿的。然而站在街上，那小巧的房影渐渐淡出，随之浮现出来的却是插着"一把四分钱"价格牌的葱堆。这时，遐想被打断了。一阵风吹来，如同现实生活般辛辣、辣得让人流泪的葱味真真切切地扑入田中的鼻中。

"让你久等了。"

可怜的田中十分难堪，盯着阿君，仿佛在看陌生人一般。眼前的阿君秀发中分，插着勿忘草花簪，鼻梁略翘，用下巴轻抵奶油色披肩，眼神清澈，雀跃微笑，手里提着两把共八分钱的葱。

  我终于写完了！天快亮了，外面传来几声寒冷的鸡鸣。虽然我费尽心思写完了，但不知为何心情却很郁闷。阿君当晚平安回到梳发师家的二楼。只要她不辞去咖啡馆的工作，以后难免还会与田中一起出游。我一想到那时的故事——不，那时的故事以后再说吧，我现在担心也没用。就此搁笔吧。再见,阿君!就像那晚一样,今晚就从这里匆匆出门,勇敢地接受评论家的评头论足去吧!

         1919 年 12 月 21 日

杜子春

一

一个春日黄昏。

大唐年间,都城洛阳,西侧门下,一年轻人正茫然仰望长空。

此人名唤杜子春,原为富家子弟,如今家财耗尽,捉襟见肘，颇为窘迫。

话说当年，这洛阳都城繁华至极，无与伦比。路上行人交织，车水马龙。夕阳如油，洒于城门。老人的纱帽、土耳其女子的金耳环、白马的彩色缰绳，这景象绮丽非常，如画般在眼前展开。

但是，杜子春却依旧背靠城门壁，茫然望天。夜空中，晚霞散彩，新月微白，宛若爪痕。

"天色已晚，饥肠辘辘。不管我投奔何处，都无人收留。如此想来，与其苟活，不如投河，了此残生，或许更为痛快。"

杜子春形单影只，满脑思绪，胡思乱想。

这时，不知从哪儿走来一位独眼老人，忽然在他面前停下脚步。夕阳下，老人的巨大身影落在城门上。老人盯着杜子春，孤傲地问道：

"敢问公子，所虑何事？"

"您问我吗？我在想，今夜无处栖身，一筹莫展。"

被老人突然询问，杜子春不觉低眉，告之实情。

"是吗？真是可怜。"

老人思索片刻后，指着映照大街的夕阳，说道：

"我来告诉公子一个好办法。你现在去站在夕阳下，记住自己头部影子的位置。半夜过来，挖开那个位置，必然能有满满一车黄金。"

"此事当真？"

杜子春大吃一惊，抬起头来。更让人匪夷所思的是，方才那老人已消失不见，周围连个影儿都找不到。只见夜空中的新月更亮了，两三只蝙蝠迫不及待，在行人交织的街上盘旋飞翔。

二

一夜之间，杜子春成了洛阳城内首屈一指的富豪。他听从老人的吩咐，找到了夕阳下自己头部影子所在位置，半夜挖开一看，果然有一大堆黄金，连一辆大车都装不下。

杜子春暴富后立即买下一座豪宅，开始了奢靡的生活，媲美玄宗皇帝。饮兰陵美酒，食桂洲龙眼，院中种着日变四色的牡丹，放养数只白孔雀，收集美玉，身着绫罗，造香木车，制象牙椅。若要详述那奢华，恐怕永远讲不完。

听说他暴富后，原本形同陌路的亲朋好友们从早到晚纷纷登门，且人数越来越多。只不过半年，洛阳城里有名的才子佳人都登过杜府的门。杜子春日日豪设酒宴，与他们厮混。那酒宴的奢华，难以用语言形容。简而言之，杜子春用金樽饮着西洋葡萄美酒，观赏天竺魔术师吞刀。二十个美女环绕身边，十人头戴翡翠莲花，另十人头戴玛瑙牡丹，或吹笛或抚琴，曲调有趣。

然而，纵然家财万贯，终有散尽之日。那杜子春奢华无度，一两年后，渐入窘境。所谓人情淡薄，那些亲朋好友昨日还频频登门，今日便过而不入，连问候都无。到了第三年春天，杜子春再次穷困潦倒。偌大的洛阳城，竟无处肯收留他。且不说收留，怕是连碗水都无人施舍。

一天黄昏，杜子春又来到洛阳西门下，茫然望天，穷途末路。这时，如上次一样，独眼老人不知从何处冒了出来，问道：

"敢问公子，所虑何事？"

杜子春一见老人，羞愧难当，垂头丧气，半日不语。老人和蔼可亲，再次询问。同上次一样，杜子春诚惶诚恐地答道：

"我在琢磨，今夜无处安歇，不知如何是好。"

"是吗？真是可怜。我来教你个好办法。你现在去站在夕阳下，记住影子胸部的位置，半夜将那地方挖开，必能收获满满一车黄金。"

说完，老人再次隐入人群，消失不见。

次日，杜子春重振威风，成为天下首富。与以前一样，他又开始了毫无节制的奢侈生活。院里牡丹盛开，白孔雀睡卧花丛，天竺魔术师表演吞刀，诸如所有都与往日一样。

因此，只不过三年，满满一车黄金便又耗尽了。

三

"公子所虑何事？"

独眼老人第三次来到杜子春面前，问了相同的话。当然，杜子春又站在洛阳西门下，茫然望着新月隐约穿过晚霞。

"我吗？我在琢磨，今夜无处安歇，不知如何是好。"

"是吗？真可怜。我来教你个好办法。你现在去站在夕阳下，记住影子腹部的位置，半夜将那地方挖开，必能收获满满一车——"

老人话未说完,被杜子春打断了。

"不必了,我不要黄金。"

"不要黄金?哈哈,看起来你似乎厌倦了奢靡生活啊。"老人用怀疑的眼神盯着杜子春。

"哪里啊,我并非厌恶奢靡生活,而是厌恶人间薄情。"杜子春神情不平,冷冷地说道。

"这倒有趣。你为何厌恶天下人呢?"

"人乃薄情之物。我有钱时,众人纷纷奉承拍马,紧紧追随。一旦贫困,便没有好脸色。这么一想,即使我成为富豪,也没什么意思。"

听了杜子春的话,老人突然嘿嘿笑了:

"原来如此。你看起来不像个单纯的年轻人,是个通达人情的男人了,以后你就这么甘于贫困了?"

杜子春迟疑片刻,随即抬起眼,神色果断,望着老人,恳切地说道:

"现在我还做不到。所以,我想拜您为师,学习仙术。您千万别推辞,不要隐瞒,您一定是位得道神仙吧。如果不是的话,怎能让我一夜之间成为天下首富?您就收我为徒,教我仙术吧。"

老人皱眉,沉思片刻,不久便爽快答应,笑言:

"是的，我确实是神仙，名为铁冠子，住在峨眉山上。当初见到公子，就觉得你挺有悟性，所以让你当了两次富豪。既然公子这么想成仙，那我就收你为徒吧。"

杜子春喜出望外，还没等老人说完，便趴在地上，连连磕头。

"不必言谢。即使成了我徒弟，能不能成仙，还得靠你自己。不管怎么样，你先随我去一趟峨眉山。哦，刚好这里有根竹杖，赶快骑上，我们一起飞去吧。"

铁冠子捡起地上的一根青竹竿，嘴里念咒，骑马一般，与杜子春一起跨上竹竿。让人不可思议的是，竹竿如同飞龙般腾空跃起，穿过黄昏的春日晴空，向峨眉山飞去。

杜子春心惊肉跳，万般恐惧中看着下方。夕阳西下，只见青峰连绵，都城洛阳的西门，已经都看不到了，大概已被晚霞所遮。此时，风拂起铁冠子的两鬓银发，他放声高唱：

朝游北海暮苍梧，

袖里青蛇胆气粗。

三人岳阳人不识，

朗吟飞过洞庭湖。

四

两人骑坐的青竹竿很快就到了峨眉山。

只见一块巨石面朝深谷、宽阔平坦。高处望去,半空中的北斗七星犹如茶碗,闪闪发光。这山原本人迹罕至、悄无声息,只能听到峭壁上盘踞的老松在夜风中沙沙响动。

两人来到巨石上,铁冠子让杜子春坐于绝壁下,说道:

"我现在要去天上见西王母,你坐在这里等我回来。我不在,各路妖怪都会来诱惑你。不管发生什么事,你绝不可出声。如果你说话了,就没法成仙了。听明白没?哪怕天崩地裂,你也得忍住,不能说话。"

"放心,我决不出声。就算没命,我也不会说话。"

"是吗?你这么说,我便放心了,那我走了。"

老人与杜子春告别,又骑上竹竿,一眨眼便消失在高耸入云的群峰之上。

杜子春独自一人,坐于石上,静静地望着星空。大概半个时辰后,正觉得寒气侵骨时,忽然听到半空中有一个声音呵斥:"何人在此?"

杜子春牢记老人嘱咐，一声不吭。

片刻后，那人又开始呵斥："你再不说话，小心我立刻杀了你！"

杜子春仍然沉默不语。

这时，不知从哪里扑来一头猛虎，两眼发光，跳上巨石，盯着杜子春，高声长啸，头上的松枝也随之哗哗地猛烈摇晃。紧接着，一条四斗桶粗的白蟒从绝壁上方爬来，吐着火焰般火红的芯子。

杜子春镇定自若，连眉毛都不动一下。

虎蟒争食，紧张对峙，突然猛地同时扑向杜子春。正不知杜子春的小命是落入虎爪还是蟒腹之时，那虎蟒居然如雾般消失，只留下峭壁上的松树一如既往地沙沙作响。杜子春松了口气，盘算着下一步会发生什么事。

接着一阵风吹来，黑云如墨，笼罩四周，淡紫闪电将黑暗劈为两半，雷声轰鸣，暴雨如瀑布般倾盆而下。任天色巨变，杜子春巍然端坐，好不害怕。风声、雨声、不停歇的雷电，仿佛要毁灭峨眉山。这时，震耳欲聋的雷鸣传来，接着席卷天空的黑云中，一道火红的火柱向杜子春头顶劈来。

杜子春不禁捂耳，伏倒在石上。一会儿，他睁眼一看，天空一如之前的晴朗，北斗星如碗，仍在对面高耸的山峰上璀璨闪亮。看来，刚才的狂风暴雨，和猛虎白蟒一样，只是妖魔们趁铁冠子不在来捣乱而已。杜子春渐渐安心，擦去额上冷汗，重新坐于石上。

然而，还没缓过神来，只见一位身披金甲、身长三丈、威风凛凛的神将出现在他面前。那神将手持三叉戟，突然将戟尖对准杜子春胸口，怒目呵斥：

"来者何人？自开天辟地以来，本神便居住在这峨眉山上。你居然一人擅闯圣山，必非常人。要想保命，赶紧回答。"

然而，杜子春谨遵老人嘱咐，一声不吭。

"你不说吗？不说是吧？好，不说就不说。那么，别怪我下手将你剁成肉酱！"

神将高举三叉戟，向对面山峰一挥。令人震惊的是，瞬间如同布满天空的云一样，无数神兵现身，刀枪剑戟，闪亮发光，似乎将一齐向这里攻来。

见此场景，杜子春差点叫出声。突然想到铁冠子的叮嘱，拼命忍住，没有出声。神将见他毫不畏惧，怒火中烧：

"你这顽徒！再不说话，我说话算数，立马杀了你！"

神将还没骂完，只见三叉戟一闪，一下便刺死了杜子春。接着,神将高声大笑,震荡峨眉山谷,轰鸣而响。神将边笑边隐身不见,那些神兵自然也同吹过的夜风如梦般消逝。

北斗星冷冷地再次照射在那块巨石上。峭壁上的老松如以往一样,枝叶摇动,依旧沙沙作响。杜子春已经没了气息,仰卧倒地。

五

杜子春仰卧石上,一缕魂魄幽幽出窍,下到了地狱。

人间与地狱间有一条路,叫作暗穴道。那里终年昏暗,冷风呼啸。杜子春在风中飘飘荡荡,如同一片树叶。不久来到一座巍峨宝殿前,匾额上写着"森罗殿"三个大字。

殿前众鬼一见杜子春,便立刻围上来,将他拉扯到阶前。只见上方有一位大王,身着黑袍,头戴金冠,威风凛凛,俯视周围,这肯定是世人皆知的阎罗王吧。杜子春战战兢兢跪下,心里琢磨着不知会被如何处置。

"你为何坐在峨眉山上?"

阎王爷从阶上开言,声如响雷。杜子春正要回答,

忽然想起铁冠子"不可开口"的嘱咐,便哑了般垂头沉默。见他如此,阎罗王举起手中铁笏,胡须竖起,气势汹汹,怒斥道:

"你知道这是哪里吗?速速回答!否则,我定让你饱受地狱之苦。"

然而,杜子春的嘴唇纹丝不动。阎罗王见状,立刻向众鬼方向下了命令。众鬼应声,一把拎起杜子春,飞到森罗殿上空。

众所周知,地狱除了刀山血池,黑空下还有焦热狱中的火山、极寒狱中的冰海。众鬼将杜子春依次抛入各狱中。可怜那杜子春,刀剑穿胸,火焰烧脸,拔舌剥皮,铁杵捣泥,油锅煎熬,毒蛇吸脑,雄鹰啄眼,万般折磨,苦海无边。即便如此,杜子春依然强忍住,咬紧牙关,愣是一声不吭。

众鬼也惊讶并无奈于他的坚挺,便再次飞过夜空,回到森罗殿前。和之前一样,将他按于阶下,异口同声地向殿上的阎罗王禀报:

"这罪人怎么都不愿开口。"

阎罗王皱眉,思索片刻,突然好像回忆起什么,对一鬼说道:

"此人父母应该落入了畜生道,速速将他们带来!"

小鬼立刻乘风飞上地狱上空,又如流星般飞速赶来两头畜生,落于森罗殿前。杜子春万般震惊。为何这么说?看上去丑陋的瘦马,面容却与故去的父母一样,那是做梦都能记得的……

"说!你为何坐于峨眉山?如果不赶紧招供,我给你父母点颜色瞧瞧。"

面对阎罗王这样的威胁,杜子春仍然不说一句话。

"你这个不肖子孙!眼睁睁看着父母受苦,仍然只管自己!"阎王高声痛斥,声音震得森罗殿几乎要坍塌,"来啊众鬼,给我打!把这两只畜生打断骨,打成肉泥!"

众鬼齐声答道"遵旨",举起铁鞭,四面八方,毫不容情,狠狠抽打两匹老马。铁鞭挥舞,鞭风阵阵,雨点般落下,将两匹马打得皮开肉绽。沦为老马的父母苦不堪言,滴下血泪,高声悲鸣,惨不忍睹。

"如何?招是不招?"

阎罗王让众鬼停手,又逼迫杜子春回答。这时,两匹老马已经是筋骨尽断,皮开肉绽,气若游丝,倒于阶前。

杜子春拼命念着铁冠子的嘱咐,闭紧双眼。这时,耳边传来一丝微弱之声,似有却无。

"不要担心我们,我们怎么样都没事。只要你好,胜过一切。不管阎罗王说啥,只要你不想说,千万别说!"

这真真切切是母亲的声音,让人怀念。杜子春不禁睁开眼。只见一匹马倒在地上,已精疲力尽,却仍悲伤地盯着他的脸。母亲如此痛苦,还不忘体谅儿子,丝毫不怨恨众鬼的鞭打。世上凡人,见你发了财便来阿谀奉承,见你落魄便冷眼旁观。与之相比,母亲这般傲骨,多么可贵!杜子春忘了铁冠子的嘱咐,跌跌撞撞,连滚带爬,双手抱住濒死之马的脖子,热泪满面,终于喊了一声:"娘!"

六

喊了这一声,杜子春苏醒过来。只见他依然沐浴着夕阳,茫然站在洛阳西门下。晚空霞光,白色月牙,行人交织,车水马龙,与他去峨眉山之前,一模一样。

"怎么样?做得了我的弟子,却做不了神仙吧?"

独眼老人面带微笑,说道。

"做不了。做不了。但是,虽然做不了神仙,我反倒高兴。"杜子春眼中含泪,不禁握住老人的手说,"哪怕能成仙,让我在森罗殿前,眼睁睁看着父母被鞭打,却一声不吭，我实在做不到。"

"如果你一直沉默——"铁冠子突然表情严肃，盯着杜子春说，"如果你真的不说话，我会立即取你性命。你应该已经没有成仙的念头了吧，也厌倦了当大财主。那么，你以后想当什么？"

"不论当什么，我都想堂堂正正、规规矩矩过日子。"

杜子春的声音中透着从未有过的明朗。

"这话你可记住了哦！好了，今日一别，你我再无相见之日。"

铁冠子边说边走，突然又停下，神情开心，回头望着杜子春补充说道：

"呀，幸好我想起来了。我在泰山南脚下有间屋子。那间屋子连带田地，一起送给你，你早点搬进去住吧。这季节，屋子四周想必桃花正烂漫呢。"

1920 年 6 月

复仇之旅

序章

肥后[1]细川家的家臣中，有一位武士，名唤"田冈甚太夫"。他曾经是日向[2]伊藤家的家臣，后来漂泊到此，

---
[1] 肥后，现日本熊本县。——译者注
[2] 日向，现位于日本宫崎县。——译者注

经过当时细川家的管家内藤三左卫门推荐任职，俸禄达一百五十石。

宽文七年（1667年）春，他在家臣比武规定的枪术赛中，刺倒了六名对手武士。越中守纲利亲自与老臣们一起参加，看到甚太夫这么厉害，提出再赛一赛剑术。甚太夫手持竹刀，再一次打败了三名武士。第四个上来比试的是传授家中年轻武士"新阴流"的濑沼兵卫。甚太夫考虑到对方的颜面，准备让兵卫赢。但这事又想让明白人看懂，必须输得巧妙。兵卫和甚太夫面对面站着对打，他感到对方故意承让，心里陡然生气憎恨。在甚太夫故意后退时猛然往前刺了一刀。甚太夫喉咙被严重刺伤，仰面倒地。这副惨状惨不忍睹。纲利虽然欣赏他的枪术，但这次输了后满脸不悦，连一句安慰的话都没和他说。

甚太夫输掉的惨状不久就成了大家谈论的话题。"甚太夫上了战场，枪把被折断了怎么办哦。可怜的，搞剑术却连竹刀都耍不好。"也不知道谁说的这些话，不久传遍了家臣圈。里面肯定有同辈的嫉妒和羡慕。但推荐他的内藤三左卫门，对于纲利的面子无法坐视不管。于是，他喊来甚太夫，严肃地说："你输得这么惨，恐怕不是我不会看人。你再去申请比上个三局，否则我就在老爷面前剖腹自杀。"如果任凭家臣圈流言肆虐，甚太夫无颜再当武士。他立刻带着三左卫门的意见，递交了申请书，希望与濑沼兵卫再战三回合。

没几天，两人在纲利面前，大张旗鼓进行了比武。一开始甚太夫打中兵卫的手臂，第二回合，兵卫打中甚太夫的脸，但第三回合，甚太夫狠狠打中了兵卫的手臂。纲利为了嘉奖甚太夫，给他增加了五十石的俸禄。兵卫却抚摸着肿胀的手臂，悄悄地从纲利面前告退。

三四日后的一个雨夜，家臣中一个叫加纳平太郎的武士在西岸寺外遭到暗杀。平太郎是名近侍，俸禄二百石，是一位算学书法俱佳的老者，从平日行为推断，他并无仇人。但第二天，知道濑沼兵卫失踪的事，才明白凶手是谁。甚太夫和平太郎虽然岁数相差很大，但背影非常相似；而且，两人衣背上的花纹一样，都是圆框双荷。兵卫在雨夜中先被随从手提照明灯笼上的家徽混淆，又被打着伞穿着蓑笠的平太郎的体形混淆，最后将平太郎误认为甚太夫，错杀了老人。

平太郎当时有个十七岁的长子，叫求马。他求得官府同意，同江越喜三郎等年轻同伙们一起，按照当时武士习惯组成了复仇队。甚太夫感到平太郎的死自己也有责任，便也申请参加当后援。同时，与求马有盟约的武士津崎左近也来申请参加。纲利欣赏甚太夫，批准了他的参与，但并未批准左近。

求马与甚太夫、喜三郎一起，在父亲平太郎过了头七后，离开了樱花凋落的熊本城。

一

津崎左近申请出战却被拒绝，在家闭门两三日。与求马的盟约眼看着要作废，他觉得痛苦万分。不仅如此，他非常担心，朋友们还会在背后戳自己的脊梁骨。更让他难受的是，把求马单独托付给甚太夫。于是，复仇队一行离开熊本城的那天夜里，他留下了一封家书，未告双亲，跟着队伍后面离家出走。

一出肥后国境，他便很快追上了队伍。复仇队当时正在山中驿站的茶馆休息。左近首先跪在甚太夫面前，几度恳求，想同行。甚太夫开始很为难地说："你不相信我的武功吗？"并没有答应。但后来他眼角瞥见求马的脸，又有喜三郎调停，还是同意了左近一起去。求马留着额发，像女孩一样羸弱,自然很希望左近加入。左近喜极而泣,甚至不停地向喜三郎道谢。

一行四人听说兵卫的妹婿住在浅野家中。他们首先通过文字关海峡,通过中国①街道去向遥远的广岛城。但当他们到那儿打听仇敌住处时,听家臣的女仆闲聊说,兵卫来过一次广岛,后来又悄悄去了妹夫熟人所在的予州松山。于是,复仇一行立刻坐上伊予船,在宽文七年(1667年)盛夏,平安到达松山城下。

一行人到了松山后,每日用草帽遮面,到处打探仇敌行踪。但兵卫也很谨慎,不轻易暴露自己的踪迹。左近曾经一度看到像兵卫的传教士,结果一看,却是完全无关的外人。其间,秋风吹起,城下住宅区武士窗外,塞满城墙河的河藻渐渐稀疏,水的本色显露出来。复仇者们开始躁动。特别是左近,不分昼夜,走访松山各处。他希望自己打出复仇的第一刀。万一让甚太夫占了先,那么自己抛弃原主加入复仇队便颜面尽失。他内心深处,坚定地这么认为。

来到松山有两个多月了,左近怀着复仇之志。一天经过城下附近的海岸,两个跟着轿子的年轻武士正催着渔夫们快点渡船。不久,船已备好,从轿子里走出了一

---

① 中国,此处指日本本州西部地区。——译者注

个武士。虽然武士立刻戴上了草帽,但一瞬间露出面孔,无疑就是濑沼兵卫。左近瞬间犹豫。求马不在这里,这让人特别遗憾;但如果现在不打兵卫,他又不知会逃去哪里;而且又是海路,更是无法知晓他去哪儿了。他必须独自报出自己的名字给予他打击。

左近一下子下定决心,来不及整理衣服,一扔草帽,喊道:"濑沼兵卫,加纳求马是我兄弟,我津崎左近来报仇了!"拔刀扑去。但对方戴着草帽,并不慌张地骂道:"你个糊涂鬼,你认错人了!"左近不禁犹豫了。就在这时,武士将手放在刀柄上,用厚重大刀劈倒了左近。左近倒下,从压低的草帽下第一次清楚地看到了濑沼兵卫的脸。

二

左近遇害后,剩下三个武士两年间打探仇敌行踪,基本走遍了五畿到东海道的各地,但再也没有听到兵卫的消息。

宽文九年(1669年)秋天,大雁来到江户,复仇队一行也第一次踏上江户土地。江户聚集了国家的老幼尊卑各类人群，打听敌人下落也相对比较容易。于是，他们首先暂时歇脚在神田内街。接着甚太夫扮成乞讨的浪人，唱着奇怪的歌谣；求马背着小杂货箱，化身为街头小贩；喜三郎去了将军武士——能势惣右卫门那儿当了整理草鞋的年工。

求马和甚太夫各自徘徊在府内。甚太夫学会熟练地用破扇子乞讨，耐心地看着街道，丝毫没有倦意。但年轻的求马用草帽遮盖憔悴的脸，通过秋高气爽的日本桥时，还担心他们的复仇之旅会失败，从而陷入绝望。

这时，筑波的风越来越冷了。求马感冒了，不时发着高烧，但他即使不舒服，依然每天背着箱子，从未停止外出叫卖。甚太夫每次看到喜三郎，都会说求马的坚强。这位思念主人的年轻武士眼中经常含着泪水。但是他们俩并未察觉，连病都不愿静养的求马内心的寂寞。

不久到了宽文十年（1670年）春天。求马从那时候开始悄悄出入吉原的烟花巷。与所谓"散茶女郎"[①]之一的和泉屋的阿枫好上了。但她已经离开该地，全心全意侍奉求马。只有和阿枫一起的时候，求马才能忘记寂寞，感受到自由。

---

① 散茶女郎，日本花柳街女子，一部分可以升格为花魁。——译者注

当浴场二楼休息区盛传涩谷金王樱①之说时,他感受到阿枫的真心,终于把复仇大事告诉了她。让人意外的是,阿枫告诉他,一个月前酷似兵卫的武士和松江藩武士们一起来到和泉屋玩。而阿枫正好抽到了那个武士的名牌,所以从脸庞到携带物品,印象都很清晰。不仅如此,他还在两三天内,将离开江户前往云州松江。求马自然很高兴。但是,再次踏上复仇之旅,意味着和阿枫暂时或是永远分别,求马想来想去,又觉得犹豫。那天,他和阿枫喝酒,和平时不太一样,喝得烂醉。回到住处时,他便开始吐血。

第二天开始,求马便卧床不起。不知为何,他完全没和甚太夫说起知道仇敌踪迹的事。甚太夫乞讨间隙,尽力照顾求马。但有一日,他去葺屋町的戏剧屋寻访后,傍晚回到住处,却发现求马口衔遗书,在明亮的灯笼前剖腹自杀,场面惨烈。甚太夫大吃一惊,赶紧打开遗书看。遗书上写着敌人的消息和自杀原因:"我体弱多病,难以实现复仇夙愿。"这就是他自杀的全部原因。但是被血染红的遗书还卷着一封信。甚太夫看过后,慢慢靠近灯笼,将信点燃。火苗舔着信纸,照出甚太夫悲痛的脸庞。

---

① 金王樱,江户三大名樱之一。——译者注

那封信写着今年春天，求马和阿枫约定来世的誓言。

三

宽文十年（1670年）夏天，甚太夫和喜三郎一起去往云州松江城。第一次站在桥上望着宍道湖上方群云围绕的群峦，两人心中不约而同涌起一种悲壮的感动。想来，复仇队一行自从离开故乡熊本，正好迎来了第四个夏天。

他们首先在京桥附近的旅馆住下，第二天开始立刻如同以往一样，查找仇人的踪迹。差不多快到秋天的时候，他们已经搞明白，向松平府武士们传授"不传流"的恩地小左卫门家中，有个酷似兵卫的武士。两人觉得这次肯定能完成复仇。不，他们坚定这次必须完成。特别是甚太夫，知道这事后心潮澎湃、喜怒交加。兵卫不只是平太郎一人的仇人；也是左近的仇人，更是求马的仇人。甚至这三年更是让他饱受折磨的仇人……甚太夫想到这里，一反往日的稳重谨慎，甚至想着立刻踏入恩地宅子，一决胜负。

但恩地小左卫门是当地有名的剑客，所以拥有众多师兄弟和弟子。甚太夫虽然迫不及待，也必须等到兵卫一个人外出的机会。

机会不是那么容易能等来的。兵卫似乎早晚都在宅子里。不久，他们住宿的客栈院内紫薇花掉了，落在踏脚石上的日光也慢慢变弱了。两人在苦闷烦躁中，迎来了三年前遇害的左近的忌日。喜三郎那晚敲响附近祥光院的门，请和尚来做法事。但以防万一，他并没有暴露左近的俗名。他却意外地发现，寺庙的正殿居然供奉着左近和平太郎的牌位，上面写着他们的俗名。

法事结束后，喜三郎假装若无其事地问起那牌位的来由。让人意外的是，和尚回答说，祥光院施主恩地小左卫门家的人每月两次忌日必然来这儿祈祷。"今天早上刚来过。"和尚毫无察觉，继续补充说道。喜三郎走出寺门，想到有加纳父子和左近亡灵为他们相助，顿感勇气无穷。

甚太夫听了喜三郎的话，庆祝天运来临的同时，后悔到现在都没发现兵卫去寺院祭奠这事。"再过八天，就是老爷忌日了。在忌日杀死仇敌，也是宿命。"喜三郎说完这个让人开心的话题。这种情绪甚太夫也有。两人围着灯笼，彻夜怀念左近和加纳父子的往事。但两人完全没想到，兵卫也在为他们祈祷冥福。

平太郎的忌日一天比一天近了。两人磨刀霍霍，摩拳擦掌，静静等待着那天到来。现在已经不是讨论能否复仇的时候，所有悬念只待那天那时。甚太夫已经把复仇成功后的逃跑路线都策划好了。

那天早上终于到了。天还没亮，两人就在灯笼光下穿戴齐全。甚太夫上穿黑绸衣，下着鹿皮裤，在外套上系了根皮带，佩着长谷部则长的长刀和来国俊的短刀。喜三郎没穿外褂，但缠了内衣。两人喝过冷酒，结清至今为止的房钱，气势汹汹走出旅馆大门。

外面还没有人，两人依然用草帽遮住脸，来到了复仇场地——祥光院前。但刚离开旅馆一两百米，甚太夫突然停住脚步，说："等下！今天房钱少找了我们四文钱。我要去拿回来。"喜三郎不耐烦地说："区区四文钱而已。还用得着特意跑一趟？"迫不及待想着快点赶到近在咫尺的祥光院。但甚太夫并不听，说："乞讨得来的原不足惜。但甚太夫这等武士杀敌前连房钱都没结清，岂不是让后辈蒙羞？你先去，我去下旅馆就回来。"他说完，独自返回旅馆。喜三郎感慨甚太夫的决心，按照甚太夫的说法自己先行赶往杀敌处。

没多久，甚太夫便与喜三郎在祥光院前集合。那天天空薄云笼罩，日光朦胧，不时飘雨。两人分别徘徊在枣叶泛黄的寺院外两侧，充满斗志等着兵卫来祭奠。

到了午后，却仍然没看见兵卫身影。喜三郎不耐烦了，便向寺院守门僧问有没有看到卫门家的人来。但守门僧说，不知道今天怎么回事，还没过来。

两人沉下兴奋的心情，一直站在寺院外。时间流逝，不久夜幕降临，吃着枣树的乌鸦聒噪，声音回荡在寂寞空中。喜三郎心急如焚，靠近甚太夫喃喃细语："要不然我们去恩地宅子那儿吧！"但甚太夫摇头，并没有赞同。

不久，寺门前天空云缝里稀疏星星露了出来。甚太夫靠着院墙，坚持等候。实际上，兵卫自知有人仇恨，很可能深更半夜悄悄前来拜佛。

终于，夜晚的第一声钟声响起。接着响起了二更钟。两人衣衫被露水淋湿了，依然坚持守候在寺院外。

但，兵卫始终并未露面。

大结局

甚太夫两人换了住所，进一步监视兵卫。这以后四五天，甚太夫突然半夜剧烈呕吐。喜三郎十分担心，立刻去请医生，但甚太夫担心暴露大事，坚持不同意。

甚太夫卧床不起，靠药续日，但吐泻并没好转。喜三郎看不下去，终于说服甚太夫接受医生看病。于是他先请旅馆老板去请熟悉的医生来。老板立刻派人去请，喊来了附近行医的松木兰袋医生。

兰袋师从向井灵兰，医术高明，远近闻名。他性格豪爽，日夜喝酒，更对黄白酬劳并不介意。他曾经自己吟诗："穿过天云，度过谷水。救人性命，延年益寿。"请他看病的人很多，上至藩中老臣，下至路边乞丐。

兰袋连甚太夫的脉都没号，就诊断为痢疾。但喝了这位名医的药，甚太夫的病却未见好转。喜三郎照顾的同时，祈祷诸神保佑甚太夫早日康复。甚太夫闻着枕边煮药的烟味，为了实现多年夙愿，祈愿续命。

秋色更深了。喜三郎去兰袋家中取药途中，看到成群水鸟不时飞过长空。一天，他在兰袋家门口遇到一个也来拿药的人。从他与兰袋弟子的交谈，可以知道这人是恩地小左卫门府里的人。等那人走后，喜三郎问已经熟悉的弟子："恩地老爷这样的武士也会生病啊。""不，不是恩地老爷，是那里的门客。"好相处的弟子如实回答。

那以后，喜三郎每次去拿药，都会装作无意地询问兵卫的情况。多次询问后发现，兵卫正好就是平太郎忌日那日患上和甚太夫一样的痢疾，不堪其苦。这么看来，兵卫偏偏那天没去祥光院，是因为生病了。甚太夫听了这话，更加难以忍受病痛折磨。如果兵卫死了，就再也没有复仇的机会了；而且，即使兵卫没死，自己死了，那么这几年吃的苦也白吃了。最终，甚太夫咬着枕头，满心祈祷自己快点好，也不能不祈祷仇敌——濑沼兵卫快点好。

命运终究还是对他很刻薄。他的病越来越重，喝了兰袋的药，还不到十天，便已经病入膏肓，生命垂危。巨大痛苦中，他依然没有忘记复仇的信念。喜三郎从他的呻吟中，时不时听到了八幡大菩萨。特别是有天晚上，喜三郎照常喂药时，甚太夫盯着他看，微弱地叫道："喜三郎。"接着一会儿又说："我的命真是薄啊。"喜三郎手撑在榻榻米上，垂着脑袋。

第二天，甚太夫突然下定决心，让喜三郎去请兰袋。兰袋又是一身酒气，立刻来到他病床前。"医生，您一直救治我，我甚太夫感激不尽。"他看着兰袋的脸，从床上坐起，痛苦地说道，"但我还有一口气的时候，拜见医生，还有一事请求，不知道医生您愿不愿意听？"兰袋爽快地点了点头。于是甚太夫把长途跋涉寻找濑沼兵卫复仇的事断断续续地说了。他声音很微弱，虽然故事很长，但逻辑清晰。兰袋皱着眉头，从头到尾认真听完了。故事说完后，甚太夫已经喘气不止，说道："我今生所念，就是兵卫的情况，他是不是还活着？"喜三郎已经开始哭泣。兰袋听了也是泪流满面。但他靠上前，靠在甚太夫耳边说："您放心，兵卫今天早上寅时，已经去世了。老朽亲眼所见。"甚太夫浮现笑容，同时瘦得凹陷的脸颊上留下冷冷的泪痕："兵卫——兵卫真是个有福气的家伙！"甚太夫口中念叨，正准备向兰袋行礼，垂下零乱的头，但最终没能做到……

宽文十年（1670年）阴历十月底，喜三郎独自告别兰袋，踏上回归故乡熊本的旅途。他的背囊里，有求马、左近、甚太夫三人的遗发。

尾声

宽文十一年（1671年）正月，云州松江祥光院的墓地里，新建了四座石塔。施主严守秘密，谁也不知道具体情况。但石塔建成之时，两个僧人模样的人拿着红梅枝，一大早进入祥光院的门。

其中一人是当地著名的松木兰袋医生。另一个虽然抱病在身，十分瘦弱，但依然威风凛凛，似乎透露出武士的气质。两人把红梅枝献于墓前，接着依次为四座石塔浇水祭拜……

后来的"黄檗慧林佛会"中，有位老衲，形似当时病弱的僧人。只知道法名为"顺鹤"，其余均不知。

1920年4月

黑衣圣母

——在这泪水之谷呻吟哭泣,向您虔诚祷告……请您将慈悲的目光赐予我们。……深深的慈爱,深深的悲悯,圣母玛利亚——

"你觉得这个怎么样?"

田代说着,把一尊玛利亚观音像放到桌上。

玛利亚观音顾名思义,在禁止天主教的时代,作为替代品,天主教徒时常供奉圣母玛利亚,称为玛利亚观音,大部分由白瓷制成。但这次田代给我看的,并非博物馆陈列室或普通收藏家橱柜里的大流之物。首先,这尊立像一尺左右,除了脸外,其余部分都由黑檀雕刻而成的。其次,立像颈部挂着十字架形璎珞,镶嵌着金子与珍珠,极尽精美。立像的脸部为美丽牙雕,唇间一点绛红,犹如珊瑚……

我沉默着,抱臂凝视着黑衣圣母的美丽脸庞。但看着看着,不觉感到这象牙雕成的脸庞上,浮现出诡异的表情。不,何止是诡异,我甚至觉得这张脸满是恶意嘲笑。

"你觉得这个怎么样?"

与世间收藏家一样,田代面露微笑,扬扬得意,看看我又看看桌上的玛利亚观音,再次问道。

"这是件珍品。但我总觉得这张脸让人不寒而栗。"

"谈不上十全十美吧。但说起这尊玛利亚观音,确有一段奇闻。"

"奇闻?"

我不禁看向田代的脸庞。田代难得露出一本正经的表情,从桌上拿起玛利亚观音像,又立刻放回原位。

"嗯，据说这尊黑衣圣母不会转祸为福，而会转福为祸，很不吉利。"

"还有这等事？"

"据说，她的主人身上确实发生过这等事。"

田代坐在椅上，若有所思，眼神阴郁，用手示意我坐在桌对面的椅子上。

"真有这等事吗？"我刚坐下便不禁发出怪声。田代比我早一两年大学毕业，是享有秀才之名的法学学士；而且据我了解，他学识渊博，完全不信超自然现象，是一位新思想家。连他都这么说，说明他所言奇闻并非无稽之谈。

"真有这等事吗？"

我再次追问。田代缓缓地将点燃的火柴凑近烟管：

"这个么，真真假假只能你自己分辨了。但据说这尊玛利亚观音像确实有过不吉利的事。如果你不嫌烦，我就讲给你听。

"在我入手前，这尊像是新潟县某镇叫作稻见的地主家的。当然不是为了古董收藏，而将她当作祈求家族繁荣的神来供奉。

"那稻见家主，是我同期的法学士。他是个实业家，与公司关系密切，连银行也能打入。基于这层关系，我也曾经一两次给他行过方便。为了感谢我，稻见有一次进京时，把他家的这一传家宝送给了我。

"我所谓奇闻，是那时从稻见口中听到的。他自己自然不信那些无稽之谈，只是把从母亲那里听到的这尊玛利亚观音像的奇闻转述一遍而已。"

故事发生在稻见母亲十岁或十一岁的秋天。算起年代，应该是黑船闹浦贺港的嘉永末年。稻见母亲的弟弟茂作，得了重度麻疹，那时才八岁。稻见的母亲名叫阿荣。两三年前双亲因疫病去世，姐弟俩便与年逾七十的祖母相依为命。因此茂作身患重病，祖母必然心急如焚。但不管医生如何治疗，茂作的病毫无好转，反而每况愈下，短短一个星期不到，已经奄奄一息。

那天夜里，阿荣正在酣睡。祖母突然进屋，强行抱起阿荣，没喊下人帮忙，自己熟练地给她更衣。阿荣迷迷糊糊，如梦似醒。祖母拉着她的手，提着昏暗的纸灯笼走过无人走廊，把她带往白天都几乎不去的仓库。

仓库深处，有一个供奉火神用的白木小神龛。祖母从腰带里取出钥匙，打开神龛的门。透过纸灯笼的光，看见破旧门帘后，断然立着一座神像，不是别的，正是这尊玛利亚观音像。阿荣一见那神像,顿觉这听不到一丝蛐蛐叫的夜班仓库格外吓人,不由抱着祖母的腿哭泣。但祖母和平时不一样,完全不管阿荣的哭泣,坐在玛利亚观音的神龛前,恭敬地在额前画十字,开始阿荣无法听懂的祈祷。

祈祷了十几分钟后,祖母静静地抱起了孙女,拼命安抚她别害怕,并让她坐在自己身旁。接着,用阿荣能听懂的话,向这尊黑檀玛利亚观音许下了这样的愿望:

"圣母玛利亚,我向天地虔诚祈祷,请保佑我八岁的孙子茂作和带到你面前的他的姐姐阿荣。您看,阿荣还小,尚未到招婿的年纪。如果茂作不行了,我们稻见家就会断后。请您保佑我们,救茂作一命。如果您认为我不够虔诚,至少我睁着眼的时候,留住茂作的性命吧。我已是老朽之身,很快就要去天国侍奉上帝了。不出意外,在那之前我的孙女阿荣也已长大。恳请您大慈大悲,在我闭目前,不要让死神之剑碰到茂作。"

祖母低头,一门心思地祈祷着。当她说完,阿荣战战兢兢地抬头,恍惚间竟觉得玛利亚观音在微笑。阿荣不禁小声惊呼,又抱住了祖母的腿。祖母却满意地摸着孙女的背,不断重复地说着:

"好了，我们回屋吧。圣母玛利亚居然愿意听我这个老太婆的祷告，真是感激不尽。"

第二天，祖母的祷告居然真的成真了。茂作退了烧，不再昏迷，渐渐清醒。祖母看到这般情景，无比高兴，一直说个不停。稻见的母亲说，她至今都记得祖母喜极而泣的样子。接着，祖母看到孙子病中正睡得香，也想稍作休息，缓解连日看护的疲劳，于是很罕见地在病房隔壁铺了被子睡下。

那时阿荣坐在祖母的枕边弹玻璃球玩。祖母似乎精疲力尽，一会儿就睡熟了，和死人一样。大约一小时后，照顾茂作的一个年长女佣突然拉开门，慌张地喊着："小姐，快喊老太太起来！"阿荣那时还是个孩子，她飞快地扑到祖母跟前，扯着祖母棉睡衣的袖子，喊着："奶奶，奶奶！"

祖母平时一叫就醒，今天却怎么叫都纹丝不动，毫无反应。女佣好像察觉到了什么，从隔壁病房过来，看到祖母的脸，猛地抓住祖母的睡衣，呼喊着："老太太，老太太！"痛哭流涕。但祖母的眼周泛着浅紫色，仍然一动不动地睡着。不一会儿，另一名女佣慌慌张张地拉开房门，神情大变，颤抖地喊道："老太太，少爷他……

老太太！"这句话就是宣告茂作生命告急，阿荣都能听得出来。即便如此，祖母依然一动不动，紧闭双眼，好像完全听不到枕边女佣的哭喊……

茂作也在这之后十分钟内断了气。玛利亚观音遵守了约定，在祖母断气前，没有取走茂作的命。

田代君说完，抬起阴郁的双眼，目不转睛地盯着我：

"怎么样，你觉得这个传说是不是真的？"

我犹豫了："这……可是……怎么说呢？"

田代君沉默片刻，一会儿又将已经熄灭的烟管再度点上，说道："我倒觉得这事是真的，但是不是那尊玛利亚观音像引起的，我还是怀疑……对了，你还没看过这尊玛利亚观音底座上的铭文吧。你来看看这里刻着的洋文——"

"DESINE FATA DEUM LECTI SPERAREPRECANDO"

（不要妄想你的祈祷能改变上帝的意志）

我不由恐惧地看向这座象征命运的玛利亚观音立像。圣母身裹黑檀衣，美丽的象牙脸庞上依然浮现着永恒的、恶意的、冰冷的嘲笑。

1920 年 4 月

火神阿耆尼①

一

中国上海某街道，一间白天也很昏暗的房子里。二楼，一个看起来很凶的印度老婆子和一个貌似商人的美国人

---
① 阿耆尼，印度神话中的火神。——译者注

正在频繁聊着什么。

"其实我这次前来,还是拜托你给我算一卦。"美国人边说,边将自己的新烟卷点上了火。

"算卦?我如今已经不想给人算卦了。"老婆子讽刺地瞥了一眼美国人的脸庞,"最近我偶尔给人算一算,不愿给钱的人越来越多。"

"这个嘛,您尽管放心就是。"

美国人大方地拿出三百美元的支票,扔到老婆子面前:

"您先把这个收下。如果卦灵验的话,我另外酬谢。"

一看到三百美元支票,老婆子立马变得热情起来,说道:

"我这一下子拿这么多钱,反而觉得不好意思呢。那么,你究竟想知道什么?"

"我想知道的是……"美国人嘴里叼着烟,狡诈地微笑,"我想知道美日战争到底什么时候开始。我们商人如果提前知道的话,就可以早点准备,狠狠赚上一笔了。"

"那么,你明天过来吧。我到时候会把结果算好的。"

"好。那你一定别忘了哦。"

印度老婆子得意扬扬,转过身说道:

"这五十多年来,我算的卦就没错过。再怎么说,好歹是火神阿耆尼亲自告诉我的。"

美国人走了以后,老婆子来到另一间房门口,喊道:"惠莲!惠莲!"

接着,一个漂亮的中国女子应声出来。也不知道这女子受了多少辛酸,虽下巴丰润,却是面如蜡色。

"咋又磨磨叽叽的?你可真是不要脸,肯定又在厨房打盹了吧?"

不管老婆子怎么责骂,惠莲只是低头沉默。

"你听好了!隔了这么久,今晚我又要请教火神阿耆尼了,你先有个数吧!"

看着老婆子漆黑的脸庞,女子神色悲哀:

"今晚吗?"

"今晚十二点。知道了吗?你给我记住了!"

印度老婆子威胁般举起了手指,说道:

"你要还像上次那样,给我添堵,这次我一定杀了你!你这条小命,只要我想,比杀死个小鸡仔还要……"

老婆子说着,突然绷紧了脸。不知何时,惠莲走到了窗边,通过亮度刚好的玻璃窗,望着寂寥的街道。

"你瞅啥?"

惠莲脸色越发发白,又望向老婆子的脸。

"好，好，你居然又如此耍弄我，看来你还没吃够苦头。"

老婆子瞪大双眼，抄起了旁边的扫帚。

刚好这时，门外传来了粗鲁的敲门声。

二

那天刚好这个时候，门外有一个年轻日本人路过。不知怎么回事，他看到二楼窗中的中国女子，一下子愣住了，驻足发呆。

这时，一个中国黄包车夫路过，日本人突然喊住了他，问道：

"喂，喂，那二楼住着谁？你知道吗？"

黄包车夫握着车把手，抬头看向二楼，草草应答：

"你说那里吗？住着个什么印度老婆子吧。"说完就急忙走了。

"喂，等一等。那个老婆子是做什么生意的？"

"是个算卦的。不过附近都说她好像会法术。反正，你要爱惜小命的话，最好别去那里。"

黄包车夫离开后，日本人抱臂沉思，不久下定决心，快步走向那房子。这时，他突然听到老婆子的骂声，夹杂着中国女子的哭声。听到这些声音，他更是立刻两三步并作一步，奔上昏暗的楼梯，用力敲响老婆子的屋门。

很快门开了。但日本人进屋一看，只有印度老婆子一个人站着，那个中国女子不知道是不是藏在里面房间了，完全不见人影。

"请问你有何事？"

老婆子狐疑地盯着日本人的脸庞。

"你是算卦的吧？"

日本人抱臂，犀利地盯着老婆子的脸。

"正是。"

"那我不说，你也知道我为何来了吧？我想请你算一卦。"

"你想算什么？"

老婆子越发狐疑，窥探着他的表情。

"我家主人的小姐去年春天失踪了。我想请你算一算。"

日本人一字一字、铿锵有力地说道：

"我主人是香港的日本领事，我家小姐名叫妙子。

我叫远藤，是个书生。怎么样？我家小姐身在何处？"

远藤边说边将手伸进上衣里面的口袋里，掏出一把手枪来，说道："小姐是不是就在这附近？香港警察局调查说，是个印度人拐走的小姐。你绝不可隐瞒不报！"

但印度老婆子毫无畏色，嘴角反而泛上了讥讽的微笑：

"你在说啥？我从没见过你家小姐。"

"你说谎。刚才从窗户看向外面的就是我家小姐妙子。"远藤一手握着手枪，一手指向旁边的房门：

"你如果执意如此，就把那里的中国人带来看看！"

"她是我的养女。"

老婆子还是一副讥讽的表情，独自窃笑。

"究竟是不是养女，看一下不就知道了？你如果不带她过来，老子自己过去看！"

远藤正准备冲向那屋子，印度老婆子突然堵住了房门：

"这是我家，怎能让你一个外人闯入？"

"你滚开，不滚的话，老子杀了你！"远藤举起了手枪。不，正当他准备举起手枪时，只听老婆子发出乌鸦般的叫声，电击样打落了远藤手里的手枪。这让勇敢的远藤突然吓了一大跳。他不可思议地环视四周，最后又鼓起勇气，边骂老婆子"巫女"，边像一头老虎扑向她。

但这老婆子绝非等闲之辈，她迅速避开，抄起扫帚，将地上的垃圾扬向快抓住自己的远藤。于是，那些垃圾就像烟火一样，四处飞散，撒在他脸上，烧灼着其眼睛和嘴巴。

远藤无法忍受，在烟火般旋风的追赶中，摔出门外，跑走了。

三

那晚快十二点时，远藤一人站在老婆子家门口，心中不甘，看着二楼玻璃窗映出的火影。

"我好不容易找到小姐，如果不能把她带回去，岂不可惜。要不去报警？万一这次让她逃了，再去寻找又很困难。但对那巫女，手枪也没啥用。"

远藤正思索间，突然从二楼窗户里面轻轻掉下来一张纸片。

"呀,有张纸片,难道是小姐的信?"

远藤自言自语着,捡起纸片,悄悄打开藏着的手电筒。在那圆形灯光下一看,果然信上是妙子的笔迹,用淡得快消失的铅笔写道:

"远藤,这家的老婆子是个恐怖巫女。她常常在半夜三更,让叫阿耆尼的印度神附在我的身上。我被那个印度神附体时,就如同死人一样,完全不知道发生了什么。老婆子说,阿耆尼附身于我,会说出很多预言。今天晚上十二点,老婆子又会让阿耆尼附在我身上。我总是失去知觉。今天晚上我要在还没意识模糊的时候,假装已经附体的样子,告诉老婆子,如果不把我还给爸爸,那么阿耆尼便会杀了她。因为老婆子十分惧怕阿耆尼,听到这话肯定会把我送回去。请你明天早上再到这里来一趟。想要逃出老婆子的魔爪,除了这个方法外,已经没有其他办法了。再见。"

远藤读完信,拿出怀表看了下。还有五分钟就到十二点了。

"快到时间了,对方是个巫女,小姐还是个孩子,万一运气不好……"

远藤还没自语完，魔法便开始了。一直明亮的二楼窗户突然变得昏暗，同时一股无法描述的香味不知从何处静静飘来，仿佛能渗透进街道的石路。

四

这时候，那个印度老婆子正在灯光熄灭的二楼房间里，将魔法书放在桌上，不停念着咒语。在香炉的昏暗火光中，书上的字悄悄飘了起来。

惠莲——不，身着中国服装的妙子纹丝不动地坐在椅子上，在老婆子面前十分担心。刚才从窗户落下去的信有没有成功送到远藤手上呢？她觉得那时站在路上的人影确实是远藤，但会不会是自己认错人了？这么一想，妙子便感到坐立不安。但是现在心不在焉的话，老婆子肯定会发现，最后自己出逃的计划肯定会被她识破。所以，妙子努力交叉着颤抖的两手，装成阿耆尼将附身的样子。

老婆子念着咒语，又开始绕着妙子手舞足蹈。一会儿站在面前，两手左右举着，一会儿站在后面，手伸到妙子额头上，好像要蒙住她的眼一样。如果这时候谁从屋外看到老婆子这副模样，肯定觉得她像个大蝙蝠之类，准备飞进香炉苍白的火光中。

这时，妙子和往常一样，开始犯困。但是，如果就这么睡着了，好不容易酝酿的计划就泡汤了，而且，如果这次失败，那么再没有机会回到父亲身边。

"日本的众神，千万保佑我不能睡着。哪怕立刻去死，我也想看一眼父亲。日本的众神，请帮我，让我瞒过老婆子吧！"

妙子心中无数次虔诚地祈祷。但是睡意越来越强烈，同时妙子耳边开始微微响起了神秘音乐，仿佛铜锣响般。阿耆尼每次从天而降时，总会有这样的声音。

不管如何忍耐，她已经无法抑制睡意，没法保持清醒。如今眼前的香炉之火、印度老婆子的身影，仿佛让人恶心的梦一样，慢慢消失。

"阿耆尼，阿耆尼，请您千万听听我的祈求。"

不久，那魔女拜倒在地上，沙哑地说道。这时，妙子坐在椅子上，已经陷入深度昏迷，不知死活。

五

妙子自然不必说,连老婆子也肯定认为没人能看到自己施法术的场景。然而实际上,却有个男人正通过门锁孔,窥探着这一切。他是谁?不用说,当然是书生远藤。

远藤读了妙子的信后,一时琢磨着要不要站在街上,等到天明。但考虑到事关小姐,他无法袖手旁观。于是,他就像小偷一样,偷偷溜入老婆子家里,快步奔到二楼门口,一直偷窥着里面的一切。

虽然是偷窥,但毕竟是通过锁孔看的,再怎么努力也只能看到妙子的正脸。香炉苍白的火光照在她脸上,面如死灰。除此以外,远藤看不到桌子、法术书、拜倒在地上的老婆子。但老婆子沙哑的声音,却清晰传来,仿佛触手可及。

"火神阿耆尼,火神阿耆尼,请您答应我。"

老婆子才说完,一直坐着似乎没气的妙子突然闭着眼说话。但那却是粗鲁的男人声音,绝不是妙子那样的少女之声。

"不,我不会听你的。你背叛我,一直干坏事。我准备今晚就抛弃你。不,除了这样,我还要惩处你的恶行。"

老婆子呆若木鸡,一时间无法应答,只是喘息。但是,妙子不等她反应,继续威严地说道:

"你从可怜的父亲手里偷来这女子。你要想保命,今晚就把这女子放了,不要等到明天了。"

远藤目不转睛地对着锁孔,等待老婆子回答。本以为老婆子会震惊,没想到她却让人恶心地大笑,突然起身跑到妙子跟前:

"你骗我也得有个度吧?你把我当啥了?我还没有愚蠢到被你骗的地步。赶紧把你还给你父亲?火神又不是警察,怎可能说这些话?"

老婆子不知从何处掏出一把小刀,刺向闭着眼的妙子的面庞。

"那么,你就老实交代吧。你是假扮火神的声音吧?"

远藤虽然一开始就窥视着房内情况,但他自然不知道妙子已经真的昏迷。所以当他看到这情况时,心中惊慌,认为计划暴露。然而,妙子依然纹丝不动,紧闭双眼,讥讽地说道:"看来,你是活腻了。难道你听我的声音,就像人类吗?我的声音虽然低,却是天上燃烧的火焰声。你不明白吗?你要是不明白,那就随便你。我只问你,你到底将不将这孩子送回去,还是你想违背我的旨意?"

老婆子稍有犹豫,但又突然鼓起勇气,一只手拿着刀,一只手抓着妙子脖后头发,猛地拽向自己,大骂:"你这个巫女,居然还很固执强硬!好吧,好吧,那就按照约定,我来给你做个了断!"

老婆子举起刀。眼看着晚个一分钟,妙子就要命丧黄泉。远藤急忙起身,拼命想打开上了锁的房门。但推也好,敲也罢,房门却不是那么容易撞开的,只是磨破了手皮而已。

六

突然传来谁的大叫,回荡在昏暗屋内。接着又是人倒下的声音。远藤发疯般呼唤着妙子的名字,将所有力量积聚在肩膀,不停撞着房门。

木板破裂的声音、门锁被撞坏的声音……屋门终于被撞开了。但远藤最关心的屋内却还是一片寂静,仿若无人,只有香炉里苍白的火焰依然燃烧。

远藤凑着火光,胆战心惊地环视四周。

接着,他突然看到椅子上死人一般坐着的妙子。不知道为什么,她头顶照着微光,让人肃然起敬。

"小姐,小姐!"

远藤走向椅子,凑在妙子的耳边,拼命呼喊。但她却仍然紧闭双眼,一声不吭。

"小姐!你可要挺住啊,我是远藤。"

妙子终于如梦初醒般微睁眼:

"你是远藤吗?"

"是啊,我是远藤。现在已经没事了,小姐放心。赶紧的,我们快跑!"

妙子还在做梦一样,微弱地说道:

"计划泡汤了,我还是睡着了,请你原谅我。"

"计划泡汤不是你的错。你按照和我的约定,不是假装火神附体了吗?你干得非常好。好了,我们快跑吧。"

远藤赶忙从椅子上抱起妙子。

"你骗人。我明明睡着了啊,完全不知道自己说了什么。"妙子靠在远藤胸前,自言自语,"计划失败。我没法逃走了。"

"怎么可能呢?和我一起走吧,这次要是失败了,就完了。"

"但是老婆子不是在吗?"

"老婆子?"

远藤环顾屋内。桌上和之前一样,摆着摊开的法术书。然而仰面倒在桌下的,正是那个印度老婆子。出乎意料的是,她居然把小刀插进了自己胸口,死在一片血泊中。

"老婆子怎么了?"

"她已经死了。"

妙子抬头看着远藤,皱起漂亮的眉头:

"我什么也不知道,是远藤你杀了她吗?"

远藤看看老婆子的尸体,又看着妙子的脸,突然豁然开朗。虽然今晚计划失败,但是老婆子却死了,妙子不就可以平安回家了嘛。命运的力量多么不可思议啊!

"我没杀她。杀她的,是今夜来到此地的火神阿耆尼。"远藤抱着妙子,庄重地自语。

1920 年 12 月

魔术

秋日之夜，秋雨纷纷。我坐着一辆人力车，在大森附近的陡坡间上上下下，最后停在一间小洋房前。那小洋房周围环绕着一片竹林，入口狭窄，车夫灯笼的灯光下，只见门上的棕色油漆已经掉落，只有陶瓷门牌是新的，上面用日语写着"马蒂拉姆·米斯拉"几个字。

提到马蒂拉姆·米斯拉，想必大家并不陌生。爱国者——米斯拉出生于加尔各答，常年致力于印度独立事业，同时还拜哈桑·甘为师，学习婆罗门秘诀，是位十分年轻的魔术家。恰好在一个月前，我通过朋友介绍认识了他。虽然我们谈论了很多政治经济的问题，但我却从未见过他的魔术表演。于是，我提前写了封信，希望能一睹其魔术风采，今晚我便急匆匆坐着人力车来到了大森町尽头米斯拉幽静的家。

雨打湿了我的身体。在车夫灯笼的光芒下，我按下门牌下面的门铃。不久，门开了，只见一个矮小的日本婆子，那是米斯拉的老女仆。

"请问，米斯拉先生在家吗？"

"在的，老爷一直在恭候您的大驾。"

老女仆和蔼地说道，立刻将我引导至大门尽头的米斯拉房间。

"晚上好，下雨天还劳烦您跑一趟，真是蓬荜生辉。"

米斯拉皮肤黝黑，眼睛很大，胡须柔软。他拧了下桌灯的灯芯，精神饱满地问候我。

"您客气了，能一睹您的魔术风采，这点雨算什么？"

我坐在椅子上，就着煤油灯的昏暗光亮，环视着阴沉的房间。

米斯拉的西式房间看起来很朴素，正中间有张桌子，墙边有个书架，窗前还有一张桌子。除此以外，只有我们坐着的椅子了。桌椅都很旧，甚至那块四边红花的桌布，也已经快坏了，露出了线头。

我们互相问候后，便听着窗外雨落竹叶的声音。不久，老女仆端着红茶茶具来了，米斯拉打开雪茄烟箱，问我：

"您要不要来一支？"

"谢谢。"

我不客气地拿了一支烟，用火柴点上，问道：

"您使用的精灵是叫'金'吧，那我一会儿见的魔术也是借助它的力量吗？"

米斯拉点燃了烟，微微一笑，吐出好闻的烟香，说道：

"认为有金这样的精灵，这已经是一百年前的观点了，甚至是阿拉丁神话时的故事了。我的老师是哈桑·甘，我的魔术您也能学得会，其实，就是一种进步了的催眠术而已。您看，这只手这么一来就可以了。"

米斯拉举起手，在我眼前画着三角，不久将手放在桌上，居然摘起了桌布边缘绣着的一朵红花。我不由大惊，不禁搬近椅子，仔细观察那花，千真万确就是桌布图案中的一朵花。但当米斯拉将花放到我鼻子前时，我闻到了一股刺鼻的味道，类似麝香。这也太神奇了，我不停感叹。米斯拉仍然微笑，随意将花放回桌上。自然，这花又变回原先绣的样子，别说摘了，连花瓣都纹丝不动。

"怎么样，简单吧。先生接着看这盏灯。"米斯拉说着，稍微挪了挪桌上的灯，不知是动了还是什么原因，灯居然开始像陀螺一样转了起来。但那灯以灯罩为轴心猛烈转动，却完全不偏离。我开始很担心，想着万一着火可就难办了，一直提心吊胆。但米斯拉却喝着红茶，平心静气。后来，我也干脆放宽心，目不转睛盯着转动的灯。

实际上，灯盖在转动时带来一阵阵风，其中黄色火焰竟然完全不动地燃烧着，十分美丽，不可思议，无以言表。灯越转越快，最后都看不出转动，以为是静止不动的。我突然又发现，不知何时灯已经恢复了原样，仍在桌上，灯罩完全不歪，丝毫没有变动。

"吃惊吗？这就是骗骗小孩的小把戏罢了。有兴趣的话，我再给您看看其他的。"

米斯拉回头看向墙边的书架，不久伸出手，像召唤样动了动指头。只见书架上的书一本本自然飞到桌子这边来。飞的时候，如同蝙蝠一样，两侧书皮展开，在空中飞舞。我嘴里叼着烟，呆若木鸡地看着。昏暗灯光下，书本一本本肆意飞翔，接着整整齐齐在桌上堆成金字塔。可是，等书架上的书全部飞过来后，第一本飞来的书又飞起来，挨个飞回了书架。

最有趣的是，一本薄薄的平装书也像翅膀一样张开书皮，轻轻地飞翔在空中。飞了一会儿后在桌子上画圈，突然书页向东，一下子掉在我的膝上。不知怎么回事，我拿起一看，是一本法国的新小说，我一周前刚借给米斯拉。

"借您的书这么久，谢谢啦。"米斯拉依然微笑着向我道谢。当然那个时候，大部分的书已经从桌上飞回了书架。我如同梦醒一般，忘了客套话，这时想起了米斯拉的话"我的魔术，如果您想学，很简单就能学会"。

"不，虽然我早耳闻您的本领，但没想到如此炉火纯青。您刚才说，我这样的人，也能学会,不会是开玩笑吧？"

"当然可以，谁都能简单学会。但是有一点……"米斯拉说了一半便盯着我，用不一样的严肃口气说：

"只有一点，有欲望的人学不了。想学哈桑·甘的魔术，首先要抛弃欲望，您可以吗？"

"我可以。"

我虽然这么回答了，但仍觉得不安，后来又补充道：

"如果您能教我魔术的话。"然而,米斯拉依然怀疑地看着我,可能是怕过多叮嘱会有失礼貌吧,他终于大方地点头说:

"好吧,我来教您。虽说简单,但学起来还是要花些时间的,今晚就请您留宿寒舍吧。"

"那就打扰您了。"

因为米斯拉愿意教魔术,我特别开心,不停道谢。但米斯拉并不在意,平静地从椅子上站了起来:

"阿婆,阿婆,今晚有客人留宿,请准备一下床铺。"

我心情激动,忘了弹烟灰,不由抬头望着灯光下米斯拉那亲切的脸庞。

米斯拉教我魔术已有一个多月。又是一个秋雨纷纷的夜晚,在银座某个俱乐部房间内,我和五六个朋友围在暖炉前,轻松地忘情聊天。

这里是东京市中心,窗外的雨水淋湿了来来往往的汽车和马车车顶,却听不到大森那凄凉的雨打竹林声。

当然窗内的欢声笑语、明亮的灯光、摩洛哥皮的椅子、光滑发光的拼花木板,这些绝不是米斯拉那有精灵出没的房间能比的。

在卷烟的烟雾中,我们谈着打猎赛马,接着有位朋友把还没吸完的烟扔进暖炉中,转向我说道:

"听说你最近在学魔术,今晚给我们表演一下,怎么样?"

"当然可以。"

我把头靠在椅背上,就像魔术大师一样,傲慢地答道。

"那么,就看你的了。表演一些普通魔术师不会的。"

朋友们都赞成,一个个凑近椅子,用催促的眼神看着我。我慢慢地站起来:

"大家都看好了,我的魔术,货真价实。"说着,我卷起两手袖口,从暖炉中随意拿起一块燃烧的炭火,放在掌心。这点小把戏已经把我周围的朋友们吓得不行。他们目瞪口呆,凑到跟前,就怕我被火烫出大事,希望我放弃。

我却越发镇定,将手心的炭火给所有人看了个遍。接着,突然扔向拼花地板,炭火散开。一刹那,地板上突然响起不一样的雨声,盖过窗外雨声。火红的炭火离开我的掌心,化成无数金光闪闪的金币,雨点一样洒向地板。

朋友们如同做梦一样,茫然望着,忘了喝彩。

"我先给大家表演这个小把戏。"

我的脸上泛起得意的微笑，静静地坐回原来的椅子。

"这些都是真的金币吗？"

朋友们呆若木鸡，终于五分钟后，有一人来问我。

"如假包换的金币，不信你可以拿起来看看。"

"不会烫伤我吧。"

一个朋友万分小心拿起地上的金币，观察起来：

"千真万确，是真的金币呢。喂，伙计，把扫帚和簸箕拿来，把这些都扫到一起。"

小伙计马上按吩咐将地上的金币扫成一堆，在旁边的桌子上堆成小山。朋友们都围着桌子，不停夸奖我的魔术：

"看着有二十万日元吧？"

"不，感觉不止哦，要是堆在豪华桌上，估计桌子都要被压垮了。"

"不管怎样，你这魔术真是不得了啊。一会儿工夫，煤火就变成金币了呢。"

"这么一来，不到一个礼拜，你就是可以和岩崎、三井抗衡的大富豪了呢。"

众人纷纷夸奖我的魔术。但是，我依然靠在椅子上，悠然吐着烟圈，说道：

"不，我这魔术，一旦起了贪欲之心，就不灵了。

所以啊,哪怕是金币,大家既然看过了,就把它放回暖炉吧。"

朋友们听了我的话,异口同声一齐反对。都认为这么大堆钱变回成炭火,实在可惜。但是,我和米斯拉曾有约定,怎么都想把它抛回暖炉。这时,一位素来狡猾的朋友冷笑着说:

"你说要把这堆金币还原成炭火。而我们不同意。这么争来争去永远没个结束。不如这样,用这堆金币打个赌,咱们来玩骨牌。如果你赢了,金币随你处置,炭火也好,其他也罢,随便你。如果我们赢了,那就把这些金币给我们。这样的话,大家都没意见,皆大欢喜了。"

我依然摇头,不愿轻易答应。那朋友露出嘲笑的表情,眼睛骨碌碌狡猾地看着我和桌上的金币,说道:

"你不愿和我们玩骨牌,就是不想我们赢了拿金币吧。说什么为了魔术,为了舍弃欲望这些,你的这份决心不是让人怀疑吗?"

"不是的,我不是不舍得给你们,才要把金币变回去的。"

"那么,我们来玩骨牌吧。"就这么几番辩论后,我最终听了朋友的话,将桌上金币作为本钱,和他们一起玩起了骨牌，一决胜负。他们自然皆大欢喜，马上拿来了一副牌，围着屋角里的骨牌桌，不停催着还在犹豫的我，"快点快点"。

因此，我无奈与朋友们勉强玩了一会儿骨牌。不知怎么回事，平日我总是不幸，那天晚上却是赢了一大把，让人难以置信。更奇怪的是，开始我并不在意，后来却慢慢上头，还不到十分钟，我已经忘乎所以，玩得上了瘾。

朋友们本打算将我的金币占为己有，才故意开始了骨牌，没想到全都急红了眼，脸色惨变，狂热地准备一决胜负。不管他们如何拼命，我不仅一局未输，反倒赢了好多钱，差不多有那堆金币那么多。于是，刚才那个坏朋友像发了疯一样，气哼哼地把牌伸到我面前，叫道：

"你来吧，抽一张。我赌上全部家当。地产、房产、骏马、汽车，全部堵上。作为交换，你把刚才那些金币，连同赢的钱，全部都押上！来吧，赶紧抽吧！"

刹那间，我产生了欲望。如果这次运气不好的话，桌上的金币堆，甚至我好不容易赢得的钱，最后就会让这几个家伙统统掳走。如果这次我能赢。他的全部家当都是我的。就在这关键时刻，我不用魔术，那我学它还有什么意思？

如此一想，我立马悄悄用着魔术，摆出决战的姿态说道：

"好吧，你先来！"

"九点！"

"老K！"

我发出胜利的叫声，把牌拿到脸色苍白的对手前。奇怪的是，骨牌上的国王好像是活的一般，抬起戴着王冠的头，突然从牌里面探出身体，手拿宝剑，仪态万千地咧嘴，露出让人生寒的微笑，用耳熟的声音说道：

"阿婆，阿婆，床铺不用准备了，客人要走了。"

这时不知怎么回事，窗外的雨声突然变成了大森竹林间凄凉的秋雨声。

我突然清醒过来，环顾四周，发现自己依然与米斯拉相面而坐，他坐在昏暗的煤油灯光下，脸上的笑容宛如骨牌上的国王一般。

我指间的烟上长长的烟灰还未掉落，我感觉一个多月的时间，实际上只是两三分钟的一场梦。这两三分钟内，我和米斯拉都很清楚地看到，我并没有资格学哈桑·甘的魔术。我羞愧难当，低下了头，片刻不语。

"要学我的魔术，首先得抛弃所有欲望。看来，你还缺了点。"

米斯拉眼露遗憾，胳膊撑在桌角绣着红花的桌布上，静静地安抚我。

1919年11月10日

女性

夏日阳光下,一只雌蜘蛛正趴在红色蔷薇花底,凝神想着什么。

这时,空中传来翅膀拍动的声音,不久一只蜜蜂落在蔷薇花上,蜘蛛突然抬头。正午时分,空气静谧,蜜蜂的拍翅声回荡在空气中。

雌蜘蛛悄无声息地从蔷薇花底开始行动起来。此时,蜜蜂身上沾着花粉，正将嘴吸向花蕊中的花蜜。

残酷的几秒沉寂后。

沉醉于蜜香的蜜蜂身后，雌蜘蛛正慢慢从红色蔷薇花瓣中爬出，接着猛然扑到了蜜蜂的脖子上。蜜蜂拼死挣扎，拍动翅膀，数次用刺还击。只见蜜蜂翅膀上的花粉纷纷掉落，在阳光下飘舞。然而，蜘蛛却咬死不松口。

争斗很短暂。

一会儿，蜜蜂的翅膀便扇不动了，随后脚也麻了。最后，蜜蜂长长的嘴巴痉挛地向天空刺了两三下，结局很悲剧。如同人类的死亡，结局悲凉而又冷酷。刹那间，蜜蜂带着满身馥郁的花粉，就这么伸着嘴，倒在红蔷薇花底。

雌蜘蛛纹丝不动，开始吸食蜜蜂的鲜血。

花底恢复了平静，阳光不知羞耻地照进来，照着肆意杀戮、野蛮掠夺的蜘蛛。只见她腹部犹如灰色缎子，眼睛犹如黑珍珠，腿又丑又硬就像得了麻风一样。她就是"恶"的象征，永无止境地趴在死去的蜜蜂身上，让人恶心。

残酷的悲剧不断上演，红蔷薇花却在炎热的阳光和热量中傲然怒放。

后来某天中午，雌蜘蛛好像突然想到了什么，爬过花叶缝隙,爬上了枝头。绽放的花蕾在炎日中萎缩,花瓣被烤得发卷,却依然散出一缕香味。雌蜘蛛爬到最上面,在花蕾与枝条间不停穿梭。无数泛着白光的丝缠住了半个花蕾,渐渐缠向枝头。

不久,一个圆锥形的白丝囊出现在枝头,在盛夏阳光下闪着白光。

蜘蛛筑完巢后,在那精致的囊里产下了无数的卵。接着,在囊口编了厚厚的丝垫后坐在上面,又织了一张纱幕。纱幕就像圆形屋顶,上面只留了一扇窗,将这只狰狞的灰色蜘蛛与中午的晴空分开。产后的蜘蛛在洁白世界中躺下瘦弱身躯,她仿佛忘记了蔷薇花,忘记了太阳,忘记了蜜蜂的拍翅声,沉浸于沉思。

时间过了几周。

其间,卵中无数沉睡的生命萌生。最先发现的是不吃不喝躺着、极度虚弱苍老的雌蜘蛛。当蜘蛛发现丝垫下不知何时开始萌动的新生命时,便移动无力的脚将母子间相隔的囊咬破。刹那间,无数小蜘蛛陆陆续续涌来。换言之,那丝垫变为千百小微粒动了起来。

小蜘蛛们快速穿过圆顶天窗,爬到了沐浴阳光和微风的蔷薇枝头。有的爬到遮蔽着夏日烈日的叶子上,有的好奇地爬进了包裹着花蜜的蔷薇花蕊中，还有的已经爬到蓝天下的树枝上，正在织着细细的网。如果这些小蜘蛛能说话，那么此时此刻红蔷薇一定像挂在枝头的小提琴一样，迎风欢唱。

但是，瘦弱如影般的母蜘蛛却孤独地蹲在圆顶的天窗前。时间嘀嘀嗒嗒走过，她却动都不动。洁白世界的寂寞、凋零的蔷薇花蕾——孕育了无数小蜘蛛的雌蜘蛛就在这既是产房又是坟墓的纱幕下，感受到母亲履行天职的欢喜，并走向死亡。这是盛夏时分咬死蜜蜂，成为丑恶化身的女性。

1920年4月

奇怪的故事

一个冬夜,我与老朋友村上一起散步,走在银座大街上。

"最近千枝子寄来一封信,向你问好呢。"

村上好像突然想起这事,开始谈论住在佐世保的妹妹。

"千枝子她还好吧?"

"嗯，最近还蛮好的。她之前在东京的时候，得过严重的神经衰弱呢。那时候你也知道吧。"

"我知道，但是不是神经衰弱……"

"你不知道啊？千枝子那时候就是个疯子。一会儿哭一会儿笑。才在笑着，又会说起奇怪的故事。"

"奇怪的故事？"

在回答我问题前，村上推开了一家咖啡店的玻璃门。接着，在一张能看到外面大街的桌子旁，我们俩面对面坐下。

"话说刚才说的奇怪的故事，我还没告诉过你。在她去佐世保之前，她告诉我这事。

"你也知道，千枝子丈夫曾在第一次世界大战期间，作为船组军官，被派往地中海的 A 舰。丈夫不在的时候，她一直住在我家。战争快结束时，她突然患上了重度神经衰弱。主要原因可能是，丈夫本来一周会来一封信，但突然销声匿迹了。不管怎么样，千枝子结婚还不到半年，便与丈夫分别，所以她定然无比期待丈夫来信。而我却没心没肺地嘲笑她，对她也太残酷了。

"事情就发生在那段时间。有一天，哦对，好像是纪元节。那天早晨便开始下雨，到了下午的时候，更是寒冷。

千枝子说她好久没去过镰仓了，想去逛一逛。她的校友嫁给了实业家，现在居住在镰仓。下雨天根本没必要特意跑去镰仓玩吧。我自然不必说，连我妻子也一直劝她，要不然明天再去吧。但是，千枝子十分固执，坚持今天怎么都要去。最后，她生气地准备完，便匆匆出门了。

"她出门前说，今天可能会留宿，明天再回来。不知为何，她不久就回来了。只见她面色惨白，淋成了落汤鸡，说从中央车站一路走到了护城河旁边的电车站，淋着雨连把伞都没打。那么为什么会干出这等傻事呢？这有个奇怪的故事。

"千枝子走进中央车站，不对，这之前还有件事。她刚登上电车，看到座位已经全坐满了。于是，她抓着吊环，看到眼前的玻璃窗上，模糊映射出大海。那时，电车正行驶在神保町一带，是不可能有大海的景色的。然而，车窗上不仅看到了外面的街道，还能看到海浪翻滚。特别是雨点敲打在窗上，甚至都能依稀看到烟雾缭绕中的水平线。这么说来，千枝子那个时候已经神经出问题了吧。

"接着，千枝子走进中央车站。门口有个戴着红帽子的人突然向她打招呼：'您丈夫好吗？'这本就奇怪，更奇怪的是，千枝子并没有觉得红帽子的问题奇怪，甚

至还回答：'谢谢，不知道最近怎么回事，没有消息了。'

"于是红帽子又说：'那我去见一下您丈夫吧。'说要去看，但丈夫在遥远的地中海啊，千枝子才反应过来，这个陌生红帽子的话非常奇怪。但正当她想问清楚时，红帽子微微点头，便悄悄消失在人海中。任凭千枝子怎么找寻，都找不到他的影子。不，与其说找不到，不如说千枝子完全记不清红帽子的模样，虽然他们才当面说话。因此，找不到红帽子，千枝子觉得所有的红帽子都变成了那个男人。并且，虽然千枝子搞不明白，但她觉得那个奇怪的红帽子在身旁监视着自己。于是，不要说镰仓了，待在车站里面都让她觉得恐惧。最后，千枝子连打伞都顾不上，便在大雨中逃离了车站，就像做梦一样。

"当然，千枝子说这话完全因为她神经的问题，但那时候她确实感冒了。第二天、第三天，她高烧不退，嘴里一直说着胡话，好像在对丈夫说：'你要原谅我啊。''你为什么不回来呢？'等等。但那趟镰仓之行的后果还不止这些。即使感冒完全好了，只要听到红帽子这词，千枝子便会一整天抑郁，沉默不语。对了，还有一件好玩的事，有次她看到某漕运店门口牌子上有个红帽子图案，便立刻回来，连目的地都不去了。

135

"但一个月后,她对红帽子的恐惧下降了很多。据说千枝子那时还和我妻子开玩笑说:'姐姐,那个什么镜花的小说中,不是有个红帽子吗?脸长得像猫一样。我之所以有那般奇怪的遭遇,可能是读了那个小说呢。'但三月的某天,她又被红帽子吓到了。自那以后,在丈夫回来前,千枝子不管有任何事情,都没有去过中央车站。你当时去朝鲜时,她没去送你,也是因为害怕红帽子。

"三月的一天,千枝子丈夫的同事时隔两年从美国回到日本。千枝子为了接他,早上便离开家。你也知道,那一带因为位置,哪怕是白天人也很稀少。寂寥道路旁,有个风车铺,好像被遗忘了一样。那天风大天阴,插在摊上的彩色风车都在晃眼地旋转。千枝子仅仅看到这情景,心中便涌起莫名的恐惧。她突然看了下街道,看到一个戴着红帽子的男子正背对着蹲着。当然,那是卖风车的商人在抽烟还是什么。千枝子一看到那红帽子,便有了一种预感,感觉只要去了车站,便会遇到奇怪的事情,于是她一度想要折返回家。

"但是,从她进入车站到接到人为止,没有任何事发生。只是当丈夫同事先进昏暗的检票口,大家跟着一起的时候,突然有人在背后说道:'您丈夫的右手腕受伤了,所以不能写信了哦。'千枝子马上回头看，身后没有红帽子，什么都没有，只有熟悉的海军军官夫妇。

"当然，那对夫妻是不可能唐突说出那等话的。所以，说这事奇怪，也真是奇怪。但不管怎样，没看到红帽子，千枝子也该觉得高兴吧。她就那样出了检票口，和其他朋友一起站着，目送丈夫同事在停车檐廊处登上了汽车。就在这时，她听到背后有人说：'太太，您丈夫据说下个月就回来了。'千枝子回头看，除了接客的男女外，看不到一个红帽子的身影。虽然身后没有，但面前就有两个红帽子，这两人正往车上搬行李。其中一个人转头看着这里，还在诡异地笑着。千枝子看到这场景，脸色瞬间变化，仿佛周围的人也看不到。当她静下心看时，刚才明明是两个红帽子，这会儿却只有一个红帽子在搬运行李。

"而且，和刚才笑着的红帽子完全不是一个人。既然这样，那么刚才笑着的红帽子的脸庞，这次肯定能记住吧。事实上，依然是模糊的记忆。不管怎么拼命想，可她脑中依然只有模糊的记忆。无论怎么努力回忆，她只记得戴着红帽子而且没有眼鼻的脸庞。这是从千枝子口中听到的第二个奇怪的故事。

"那以后一个月的样子，就是你去朝鲜前后的日子，千枝子的丈夫真的回来了。因为右手腕受伤，所以很久不能写信竟然是真的。我妻子还在旁边取笑她：'千枝子是思夫过度，所以自然就感应到了吧。'

"那以后半个月，千枝子夫妇前往丈夫任职地佐世保。刚到那里，我们看了她寄来的信，让人惊讶的是，上面写了第三件怪事。千枝子夫妇离开中央车站时，给他们搬行李的红帽子貌似要和他们打个招呼，向开始动的火车窗户伸出头来。丈夫看到那张脸，突然表情怪异，一会儿半害羞地讲起了下面的故事：

"丈夫在马赛上岸时，和几个同事去了一家咖啡馆。突然有个戴红帽子的日本人靠近桌旁，亲切地问起丈夫的近况。马赛的街上不应该有戴红帽子的日本人徘徊。但丈夫完全没有觉得奇怪，还将右腕受伤和近期回国的事情都告诉了他。这时，有个喝醉的同事把白兰地酒杯搞倒了。丈夫受到惊吓，定睛一看，不知道什么时候红帽子日本人已经消失了，不在咖啡馆了。他到底是谁呢？

"现在想起来，虽然是丈夫亲眼所见，但究竟是梦境还是现实，还是无法搞清。不仅如此，同事们的表情显示，他们根本没发现红帽子来过这事。所以，丈夫没告诉任何人。但回到日本，听千枝子说碰到两次红帽子，他便琢磨，和自己在马赛看到的红帽子是否是一个人。但这太扯了，会不会遭人嘲笑，在一个关乎名誉的远征中，他居然一心想着自己的老婆。所以，他一直闭口不谈。但刚才露脸的红帽子和马赛咖啡馆里那人一样，连眉毛都完全一样。

"丈夫说完，沉默了一会儿后，又不安地压低声音说道：'但是这不是很奇怪吗？虽说连眉毛都一样，但我就是怎么都想不起来红帽子的脸。只是，透过窗子看到时，认为是他……'"

村上说到这里，咖啡馆又来了几个人，貌似是他的朋友。他们一边走向我们桌子，一边和他打招呼。我站了起来，说道：

"那我就告辞了。总之在我回朝鲜前，我还会来找你的。"

我走出咖啡馆，不禁长长叹了口气。恰好三年前，我本来约了千枝子在中央车站约会，但她却两次都没来，只是寄了封简短的信，说想做一个永远忠诚的好妻子。直到今晚，我才终于明白了来龙去脉……

1920 年 12 月

弃儿

"浅草的永住町有一个寺院叫信行寺,但算不上大寺院。只是因为供有日朗上人①的木像,才成了有历史的寺庙。明治二十二年(1889年)秋天,一个男孩被遗弃在寺院前。没有出生年月,甚至连记录名字的纸都没有。

---

① 日朗上人,日本镰仓时代日莲宗下高僧。——译者注

据说，当时孩子被裹在破旧的黄底条纹绸缎里，枕着一只坏了鞋袢的女草鞋，就这么被遗弃在寺院门口。

"当时信行寺的住持是个叫由村日铮的老人。恰好，那天早上他当值时，另一个年长的门卫向他通报弃儿的事。正在礼佛的日铮头都没转一下，平淡地说道：'是吗？你把那孩子抱来吧。'当门卫战战兢兢抱着孩子过来时，日铮接过孩子，愉快地哄着：'哦，这孩子真可爱。别哭啦，别哭啦。今天开始，我来养你吧。'很久以后，那个效忠日铮和尚的门卫趁着卖芥草和线香的间隙，还会向拜佛的善男信女说起当年的场景。大家可能也听说了，这日铮和尚原是深川的泥瓦匠，十九岁时从脚手架上摔下昏迷，清醒后突然起了菩提之心，性格豪爽，不同常人。

"那之后，日铮和尚给孩子取名'勇之助'，视如己出，精心抚养。自从明治维新后，寺院里再没有女人，抚养孩子并非易事。从看护到喂奶，都是日铮和尚利用念经的闲暇亲力亲为。一次，勇之助感冒了。不巧的是，鲜鱼市场有个叫西辰的大施主家有法事，于是日铮和尚便用法衣抱着高热的孩子，一只手搓着水晶念珠，和平日一样嘴里念经。

"但日铮和尚心中一直想着，让孩子去看一看亲生父母,这或许就是他的豪爽又细腻之处吧。传说只要日铮和尚登上传教台,就会经常引用日本和中国的故事,诚恳地告诉人们,母子之恩不可忘,这也是报答佛恩。现在去信行寺就能看到,寺前的柱子上挂着'每个月十六日传教日'的旧牌子。虽然一次又一次传教日来到,却始终没有人承认自己是弃儿的父母。不,在勇之助三岁的时候,有一个自称母亲的人,脸上满是白粉和黄褐斑,来打探孩子的情况,但感觉她想利用弃儿做坏事,可疑之处有很多。于是,脾气暴躁的日铮和尚差点动粗,臭骂了一顿后,将她轰了出去。

"明治二十七年(1894年)的冬天,甲午战争的传闻正盛之时,依然是十六日传教日那天,日铮和尚回到住持房间的时候,看到一个三十四五岁的优雅女人跟了进来。房间里的火炉上架着一只铁锅,勇之助正在旁边剥橘子。只看了孩子一眼,女人突然跪在日铮前,很肯定地说道:'我就是这孩子的母亲。'这让日铮十分震惊,半天没说出话来。但女人根本顾不上这些,盯着榻榻米,嘴里喃喃念着什么,身体的每一寸都能看出其内心的激动。她向日铮和尚感谢多年来他对孩子的养育之恩。

"过了一会儿,日铮举起朱骨折扇,打断了女人的话,催促她先说说丢弃儿子的原因，女人依然盯着榻榻米，娓娓道来。

"正好五年前，女人的丈夫在浅草田原町开了一家米店，才涉入股市便耗尽家产，只能趁着夜晚逃去横滨。但是刚出生的儿子却束缚了他们的手脚，成了累赘，再加上女人断了奶，在离开东京的那个晚上，夫妇俩泪流满面地将孩子遗弃在信行寺前。

"后来为了投靠仅有的朋友，两人连火车都没坐去了横滨。丈夫在运输公司打工，妻子在丝绸店打工。两人拼命奋斗了两年。似乎运气来了，第三年夏天，运输公司老板对丈夫认真的工作态度很是认可，支持他在刚开发的本牧边的街上开了一间小分店。妻子自然辞掉了工作，与丈夫一起经营店铺。

"分店生意相当不错。第二年，夫妻俩还添了个壮实的儿子。就算这样，弃儿的凄惨场景依然盘旋在夫妻俩心头。特别是当女人将缺少奶水的乳头放入幼儿嘴里时，必然会想起逃离东京的那晚场景。店里生意兴隆，孩子一天天长大，银行里也有了一些存款。总之，夫妻俩终于过上了好日子。

"但是好景不长。就在他们过得开心的时候，明治二十七年（1894年）的春天，丈夫染上伤寒，卧床不到一周就撒手人寰。光这样就算了，雪上加霜的是，男人去世不到一百天，连好不容易得来的孩子也得了疟疾突然夭折。那段日子，女人昼夜哭泣，就好像疯了一样。不，不止那段时间，后来的半年时间，她都是行尸走肉。

"悲伤淡去之时，女人心里首先出现的想法，就是去找被遗弃的儿子。'如果那个孩子还活着，不管生活多苦，我也要带着他，亲自抚养。'她这么想着，感觉一分钟都等不了。于是，女人立刻踏上火车。刚到久违的东京，她就来到日夜想念的信行寺前。而那天正好是十六日早晨，是传教的日子。

"女人快速去往住持房间，想尽快找人问清孩子的消息。但传教还没结束，没法见到日铮和尚。所以，哪怕她再怎么坐立不安、心急如焚，也只能混在殿中一大群善男信女中，心不在焉地听着日铮和尚传经。其实，就是等着传教快点结束而已。

"那天日铮又讲了莲华夫人[①]与五百个孩子的故事，耐心解说着母子之爱。莲华夫人生了五百个蛋。蛋却被河水冲走了，被邻国的国王抚育，孵出了五百个力士。

[①] 莲华夫人，佛教人物，传说踏地皆成莲花。——译者注

他们不知莲华夫人为生母，来攻击莲华夫人的城堡。听说这消息后，莲华夫人登上城门，喊道：'我是你们五百个人的生母，你们看，这就是证据。'说着，露出乳房，用美丽的手挤出五百道乳汁，喷泉一样喷到五百个大力士的嘴里。女人听着这个天竺的寓言故事，心中涌起不寻常的感动。因此，传教一结束，女人便含着眼泪，离开大殿，沿着走廊匆忙赶向住持房间。

"日铮和尚听了来龙去脉，将火炉旁的勇之助喊来，让他与五年没见的母亲相见。日铮和尚很清楚，女人所言并非谎言。只见女人抱起勇之助，强行忍住，没有号啕大哭。见此情景，连平日豪放的日铮也不觉微笑，睫毛上挂着晶莹的泪珠。

"后来的事，不说大家也能猜个大概。勇之助被母亲带回横滨的家。自丈夫和儿子死后，女人便听从善良的运输公司老板夫妇建议，招收徒弟，传授自己擅长的女红，生活虽然节俭，也算凑合。"

客人讲完这个长故事，拿起膝前的茶碗。但却并未碰到嘴唇，他看着我的脸，平静地补充说道：

"我就是那个弃儿。"

我默默地点头，把凉开水倒入茶壶。实际上，就连我这个初次见面的人，大概也早已经猜测到，那个可怜的弃儿应该就是客人松原勇之助吧。

沉默了一阵后，我问道：

"您母亲现在还好吗？"

结果却得到了意外的答案：

"不，她前年去世了。其实，我刚才说的女人并不是我的生母。"

客人看到我的惊讶表情，眼中闪过一丝微笑。

"丈夫在浅草田园町经营米店，在横滨尝遍人间疾苦，这些都是真的。但后来我发现，弃儿的事却是假的。您知道，我家是做丝绵生意的，母亲去世的前一年，我恰好去新潟一带拜访客户。当时，和一个做盒子袋子生意的老板同坐一辆火车，这老板正好住在我母亲田原町的家附近。我还没问，他就和我聊起了母亲的事。他说，母亲当年生下了一个女孩，但那孩子在米店停业前便夭折了。不知道为了什么，为了抚养我这个非亲非故的儿子，母亲居然编造了弃儿的谎言，而且接下来的二十年间，她呕心沥血、废寝忘食，只为了照料我。

"原因究竟是什么。直到现在，我仍然怎么都想不明白。但哪怕我不知道事实真相，我觉得最能解释的理由就是，日铮和尚的传教让失去丈夫和女儿的母亲心里涌起感动，于是希望充当我不认识的母亲角色，我被寺院收留的事有可能是从善男信女那里听说的吧，也有可能是寺院的门卫告诉的吧。"

客人不再说话，若有所思，突然想起了什么喝了口水。

"您并非亲生之事，尤其是您已经知道自己并非亲生之事，您告诉过她吗？"我忍不住问道。

"没有，我没说。如果从我嘴里说出来，对她而言，太残忍了。直到去世，母亲只字未提此事。可能她觉得告诉我这事，对我来说太残酷了吧。实际上，当我知道自己并非母亲亲生之事后，对她的感情发生了很大的变化。"

"您这么说是什么意思？"

我盯着客人的眼睛问道。

"我比以前更爱母亲，知道那个秘密后，对于我这个弃儿来说，母亲胜似生母。"

客人平静地回答，他不知道自己实际上也已经胜似亲生儿子。

1920年7月

秋

一

信子在上女子大学的时候就以才女著称。大家都坚信，她迟早将成为叱咤文坛的作家。甚至有传闻，她在上大学的时候就已经写了三百多页的自传体小说等。但毕业后，考虑到各种复杂因素，母亲为了照顾读女中的妹妹照子和自己一直没有再婚，信子便无法随心所欲。于是，在正式开始创作前，信子开始按照世间规矩，考虑自己的婚事。

信子有个表兄，名唤俊吉。他虽然当时正就读大学文科，但却有志于跻身作家行列。信子与这位大学生表兄一直来往密切。自从有了文学的共同话题后，两人更加亲近。但表兄与信子不一样，对当代流行的托尔斯泰主义等并没有敬意，而且总是说一些法国味的讽刺和警句。这种戏谑的方式常令认真的信子生气，但她在生气的同时，也感觉到俊吉的讽刺和警句中含着让人无法轻蔑的东西。

因此，上学期间她经常和俊吉去展览会或音乐会。当然，妹妹照子也一起同行。来回途中，他们三人欢笑畅谈。妹妹照子经常会被冷落，但她就和孩子一样，边走边看着橱窗里的遮阳伞和丝绸围巾什么的，并没有因此不开心。信子一发现，便会转移话题，马上让妹妹加入聊天。但习惯性忘记照子的总是信子自己。俊吉完全没察觉，总是不停说笑，在人来人往的街上大步走着……

看到信子和表哥的关系，众人觉得他俩结婚是顺其自然的事。同学们有人羡慕，有人嫉妒，特别是不认识俊吉的人（这很搞笑）更是如此。信子总是否认大家的猜测，同时又故意透露这事是真的。所以，在还没毕业的时候，同学们脑中就浮现出信子和俊吉的身影，就好像结婚照一般。

同学们都很惊讶，心中又夹杂着微妙的开心和与以往迥异的妒忌。有些人信任她，认为她被母亲控制了。有些人怀疑她，认为她三心二意。但是大家都知道，这些都只是猜测而已。信子为何没和俊吉结婚？后来一段时间内，只要大家见面，便会讨论这个大事件。两个月后，他们已经完全忘记了信子。当然，也忘了信子写过长篇小说的传言。

这期间，信子在大阪郊外安了幸福的新家。新房地处松林中，是那一带最安静的地方。芳香的松脂、温暖的阳光，还有总是在外的丈夫，让新租的二层小楼笼上了一层沉默。信子常在寂寞的午后，莫名消沉。这时，她肯定会打开针线箱，拿出底下叠着的粉色信纸来看。信纸上用钢笔密密麻麻写着这样的话：

"一想到今日要与姐姐分别，我写这封信的时候，不禁泪流满面。姐姐，姐姐，你一定要原谅我。姐姐为我做出了让人惋惜的牺牲，我无言以对。

"姐姐为了我，接受了这门亲事。即使你不承认，我心里也明白。我们一起去帝国剧场看戏的那天晚上，姐姐你问我喜不喜欢俊吉，如果我喜欢，你愿意为了我赴汤蹈火，促成我和俊吉。姐姐你那时候肯定已经读过我给俊吉的信了。那封信搞丢的时候，我特别怨恨姐姐。（请原谅我，就这件事我已经无比抱歉。）因此，那天晚上我觉得姐姐是虚情假意。我很生气，也不好好回答，姐姐一定还记得。但是过了两三天，姐姐突然就定了亲事。哪怕是死，我也要向姐姐道歉。姐姐也喜欢俊吉。你别瞒我，我很清楚。如果不是为了我，你肯定已经和俊吉在一起了。就算这样，姐姐还好多次和我说不喜欢俊吉，最后违背心意嫁给了别人。我亲爱的姐姐，你记得吗？我抱着鸡来，让它与即将远去大阪的你说句话，我想与我饲养的鸡一起向姐姐道歉。这样的话，不知详情的妈妈也会哭呢。

"姐姐，你明天都在大阪了吧？但请你千万别忘了妹妹我。我每天早上喂鸡就会想着姐姐，悄悄掉眼泪。"

信子每次读到这封少女感十足的信，总会落泪。特别想到在中央车站上火车前，照子偷偷塞信的样子，便涌上怜惜之情。自己的婚姻是不是和妹妹说的那样，完全是牺牲呢？泪水过后，这种怀疑让她的沉重心情蔓延开来。为了消遣苦闷情绪，信子常常沉浸在快意的感伤中。阳光洒遍窗外的松树林，她看着阳光渐渐变成橘黄色。

二

和世间新婚夫妇一样，他们度过了幸福的三个月时光。

丈夫不善言辞，有些女人气。他每天下班回来，晚饭后总会陪伴信子几个小时。信子一边打着毛线，一边谈着近来世间流行的小说和戏剧，还夹杂着基督教色彩的女大学生的人生观。丈夫酒后脸红，把正在看的报纸放在膝头，饶有兴趣地听着，但从来不发表意见。

他们基本上每个星期天都去大阪或近边景点散心。信子每次坐上火车、电车时，特别看不起到处随意饮食的关西人。看到丈夫成熟高雅的品味，信子便觉得愉悦。实际上，丈夫衣冠楚楚地站在人群中，从帽子到西服到红色皮靴，都散发出肥皂般的清新气息。特别是暑假他们去舞子海滨浴场时，在茶馆与丈夫的同事们偶遇，和他们相比，信子更是觉得骄傲。丈夫却与那些俗气的同事们关系密切，这让她无法理解。

　　这时候信子想起长时间搁置的创作。于是，丈夫不在家时，她便坐在书桌上写一两个小时。丈夫得知此事后，嘴角泛起淡淡的微笑："你快成女作家咯。"但信子即使面对书桌，仍感到没有思路，写不下去。她茫然地撑着下巴发呆，发现自己时常沉浸在烈日松林的蝉声中。

　　夏尽秋来，丈夫一天上班前，换下了汗津津的衣领。但是不巧的是，其他衣领都送去洗衣店了。爱干净的丈夫此时脸上挂上了不悦的表情，边搞西装裤背带边抱怨："就知道写小说，真是的。"信子垂下眼帘，默默地拂去上衣的灰尘。

　　两三天后的晚上，丈夫看到晚报上登载的粮食问题，便问每月生活费能否节约些。甚至说出了"你不能一直把自己当成女学生吧"这样的话。信子随意应答，给丈夫衣襟绣上花纹。意外的是，丈夫又固执地碎碎念道："你说就这衣襟，买个现成的不是更便宜吗？"依然是拖泥带水的音调。这让信子没法回答。丈夫觉得没意思，一脸无趣，便开始看起商务杂志来。房间灯熄灭后，信子背对丈夫躺着，轻声说道："我再也不写小说了。"丈夫沉默。过了一会儿，信子又轻声说了一遍，开始哽咽。

丈夫骂了她几句，哭泣声依然不绝于耳，但不知道什么时候开始，信子又紧紧依偎丈夫。

第二天，两人又重归于好，恩爱如初。

后来有一次过了十二点，丈夫还没回家。好不容易回来了，却是一身酒气，烂醉如泥，雨衣都脱不下来。信子皱着眉头，麻利地给丈夫换衣服。丈夫却不领情，硬着舌头讽刺道："我今天晚回来了。你这小说写得很好吧。"说这话的时候，一股女人味。信子那天睡觉的时候，黯然落泪。如果照子看到这副模样，肯定会陪着一起抹眼泪的。照子，我能依靠的只有你了。信子心中不停呼唤着妹妹，又被丈夫的酒臭熏得睡不着觉，辗转反侧。

但是，到了第二天，两人自然又和好如初。

这样的事情反反复复，渐渐秋深了。信子伏案写作的时候渐渐变少了。这时候，丈夫也厌倦了与她谈论文学。他们每天隔着长火盆，谈论着家庭经济琐事，消磨时间，至少这样的话题能让晚饭小酌后的丈夫感兴趣。信子只能可怜地时不时窥探丈夫的脸色。但是丈夫却毫不在意，咬着最近蓄的胡须，一番思索后开心地说道："我们要有个孩子的话……"

那以后表兄的名字每个月都会出现在杂志上。信子婚后与俊吉断绝了联系，仿佛完全遗忘了一样。唯一知道他的动向便是从妹妹信中，比如俊吉大学毕业了，创办了同人杂志等。她也并不想进一步了解。但看到他的小说登上了杂志，心中的亲切感与以往无异。她翻着书页，露出微笑。俊吉在小说中依然像宫本武藏[①]一样用着冷笑和诙谐两种武器，但她总能感觉到，轻快讽刺的背后，潜藏着寂寞的自我放弃。同时，这种想法让她感到内疚。

从那以后，信子对丈夫更好了。寒夜中，丈夫坐在长火盆对面，总能在信子脸上看到明媚的微笑。那张脸比以前更年轻，还经常化着妆。她一边摆开针线活，一边聊着东京办婚礼的场景。听她讲得这么详细，丈夫不由意外，又很开心。"你记得真清楚啊。"听到丈夫调侃自己，信子必然沉默，送上媚眼。但是，她内心也在琢磨，为什么这些事记得这么清晰，真是不可思议。

不久母亲来信告知信子，妹妹的亲事已经定下了。俊吉为了迎娶照子，还在山手郊外安置了新房。信子急忙写长信，向母亲和妹妹表示祝贺。"因为家里没人，虽然我很想去，但难以参加婚礼……"写下这样的话时，不知何故信子几次都写不下去。于是，她抬眼望着窗外

[①] 宫本武藏，日本江户时代的剑客。——译者注

的松林。初冬时分，天空下的松树更是一片黑幽幽的浓绿。

那天晚上，信子便和丈夫聊起了妹妹的婚事。丈夫脸上带着一直以来的浅笑，饶有兴致地看着信子模仿妹妹的语气。但信子总感到，似乎在将照子的事告诉自己。"差不多睡吧。"两三个小时后，丈夫摸着柔软的胡子，疲惫地离开长火盆。信子还没决定送妹妹什么结婚礼品，用火钳在煤灰上写着字。这时她突然抬起头说："但是有意思的是，我居然有妹夫了。""这有啥奇怪的，因为你有妹妹啊。"听到丈夫这么说，信子并未回答，陷入思索。

十二月，照子和俊吉举办了婚礼。当天快中午时分，大阪开始飘雪。信子独自吃完午饭，嘴里的鱼味却散之不去，心想："东京是不是也下雪了呢？"想着想着，茫然靠在昏暗客厅的长火盆旁。雪越下越大，信子嘴里的鱼腥味却始终没有消散……

三

第二年秋天，信子与出差的丈夫一起踏上久违的东京。丈夫出差时间短，任务重，除了匆匆与信子母亲见了一面后，再没有时间带信子出门。所以，信子在新街道的电车终点站独自坐上电车，一路颠簸来到了郊外妹妹夫妇的新居。

照子的新家靠近葱地。但附近都是新出租房一样的新房子，密密麻麻地排列着。家家户户千篇一律，狭小拥挤，带屋檐的门、石楠篱笆、竿上的衣服……这些平凡的房子让信子多少有些失望。

但是，当信子敲门时，出来应答的却是表兄，让人意外。俊吉和以前一样，看到稀客，开心地问候："呀！"信子看到，不知何时俊吉已不再是平头。"好久不见！""来，进来吧。今天不巧了，只有我一人。""照子呢？出去了吗？""她出门有事了，女佣也出去了。"信子莫名感到不好意思，把花哨内衬的大衣轻轻地脱在门厅角落。

俊吉让信子坐在八铺席的书房兼客厅中。信子环顾四周，书本杂乱地放着。特别是午后阳光照耀的拉窗旁边，小小的紫檀桌周围堆着报刊杂志和稿纸，凌乱无比，让人无法下手收拾。唯一彰显年轻女主人存在的只有神龛旁挂着的新古筝。信子好奇地看着这一切，视线无法移开。

"我知道你要来，但不知道是今天。"俊吉点上烟，露出怀念的眼神，"大阪的生活怎么样呀？"

"我还想问问你，你过得幸福吗？"信子也三言两语回答，过去的怀念之感油然复生。两年没通信的不愉快的回忆，并没有想象中那样让她烦恼。

他们把手伸向同一个火盆，聊了很多。俊吉的小说、共同认识的朋友的近况、东京和大阪的比较，话题无穷无尽。但两人默契的是，避而不谈生活问题，这更让信子强烈地感到在与表兄聊天。

但是，两人时不时会陷入沉默。这时，信子便微笑着，眼神落在火盆灰上，怀着淡淡的不能称为等待的某种期待。不知道是故意还是偶然，俊吉总能迅速找到话题，打破那份期待。信子终于没忍住，看着表兄的脸。俊吉正平静地吸着烟，表情自然，毫无掩饰。

这时照子回来了。她看到姐姐，高兴万分，差点拉起手来。信子嘴上浮现笑容，眼里泛上泪光。两人撇开俊吉，互相询问去年以来的生活。特别是照子，神采焕发，红光满面，甚至记得告诉姐姐家里还养着鸡的事。俊吉吸着烟，面带微笑，满足地看着姐妹俩。

这时候，女佣也回来了。俊吉从她手中拿过几张明信片，立即趴在桌上开始写起来。照子好像很意外女佣也不在家这事，问道："姐姐来的时候，家里没人吗？""只有俊哥在家呢。"信子感到自己强装镇定地回答。俊吉背着她俩说道："你要感谢主人我。还是我倒的茶呢。"照子和信子眼神交汇，恶作剧似的调皮一笑，故意不理睬俊吉。

不久信子便和妹妹夫妇一起，围坐在晚饭桌前。照子说桌上的鸡蛋都是自家鸡生的。俊吉为信子倒上葡萄酒，说着社会主义色彩的理论："人类的生活都是靠掠夺获得的，小到这鸡蛋。"虽然这么说，但三人中，最喜欢鸡蛋的却是俊吉自己。照子觉得好笑，像孩子一般笑着。这样的气氛让信子想起，黄昏时分，远方松林中的寂寞客厅。

三人一直聊着，直到餐后水果吃完仍意犹未尽。俊吉微醺，盘腿坐在长夜灯下，搬弄着他那一流的诡辩术。一番畅聊，让信子仿佛再次回到青春，她眼神热切，说道："我也想写小说，行不行呢？"表兄却转而言他，搬出了古尔蒙的警句："缪斯们都是女人，所以只有男人能够肆意征服她们。"信子和照子却结成联盟，并不认同。"那么女人就不能当音乐家了吗？阿波罗不是男人吗？"

照子一本正经地说道。

不知不觉中,夜已深沉。信子最终住在了照子家。

睡前,俊吉打开走廊的一扇防雨窗,穿着睡衣走向狭窄的后院。不知道他在喊谁:"快来看,月亮真美。"信子换上庭院的木屐,独自跟在他后面,脱掉袜子的脚感到一股寒意。

庭院角落,削瘦柏树,月上树梢头。表兄正站在树下,望着微亮的夜空。"这里杂草真旺。"信子无法忍受院中杂乱,胆怯心惊地向俊吉走去。但他依然看着天空,嘴里念着:"今天是十三晚上吧?"

片刻沉默后,俊吉静静地转头看向信子,说:"你要不要去鸡屋看看?"信子默默点头。鸡屋在院落的另一角落,与大树遥相呼应。两人并肩,缓缓走去。但苇席圈中只有鸡味和朦胧光影。俊吉看了看鸡屋,几乎自言自语对信子说道:"睡了啊。""鸡被取走了蛋,睡了。"信子在杂草中呆呆站着,不禁感伤……

两人从庭院回来时,照子正坐在丈夫桌前,愣愣地盯着电灯,灯罩上只有一只绿色虫子爬着。

四

第二天早餐后，俊吉穿着唯一的高档西服，匆忙走向门口，说要参加已故好友的周年祭奠。他穿上外套，嘱咐信子："你要等我，我中午前肯定能回来。"但是信子柔嫩的手里拿着他的帽子，只是默默微笑。

送走丈夫后，照子便招呼姐姐到长火盆前，勤快地端茶倒水。她还有好多开心的话要说，邻居太太、来采访的记者，还有和俊吉一起去看的外国歌剧团……但是信子的心情却很低落。她发现自己一直在敷衍应答。照子也终于发现了，于是便关切地问道："姐姐你怎么了？"信子自己也不知道为什么。

挂钟打过十点，信子抬起慵懒的眼，说道："看来俊吉一时半会儿是不会回来了。"照子听言，也抬头看了下挂钟，却令人意外地冷淡回答："还没啊……"从这话中，信子能听出新婚妻子对丈夫的爱心满意足，不由越发心情沉郁。

"你真幸福呀。"信子把下巴埋在领子里，调侃道，但这其中隐藏的发自内心的羡慕之情却暴露无遗。照子依然天真无邪，爽朗笑着，瞟了一眼信子说："你呀，走着看哦。"又接着撒娇道："姐姐明明也很幸福呀。"这话让信子大受打击。

她抬眼问道："你是这么认为的吗？"问完后，又马上后悔了。照子表情微妙，看着姐姐。信子难掩后悔，强颜欢笑地说："你这么说，我就幸福了。"

两人沉默了，只有时针滴滴答答转动。她们有意无意地听着长火盆上铁壶烧水的声音。

"可是姐夫对你不好吗？"不久照子小心地轻声问道，声音中很明显带着同情。但是信子这时候最讨厌同情。她盯着膝上的报纸，故意沉默。和大阪报纸一样，上面刊载着米价问题。

安静的客厅中，慢慢响起了微弱的抽泣声。信子从报纸上移开视线，看到长火盆对面坐着的妹妹正掩袖哭泣。"不要哭啦。"任信子如何安抚，照子一直哭泣。信子产生了一种残酷的喜悦感，默默地注视着妹妹耸动的肩膀。后来，为了不让女佣听到，信子靠近照子脸庞，低声说道："如果我说错了，我道歉。你的幸福，是我最大的开心。真的，只要俊吉爱着你。"这么说着，信子被自己的话感动了，声音感伤起来。这时，照子放下衣袖，抬起泪水满面的脸庞。意外的是,她的眼中没有悲伤也没有愤怒,而是难以抑制的嫉妒,燃烧着瞳孔。"那么,姐姐,姐姐为什么昨晚……"照子还没说完,又埋进衣袖里,号啕大哭。

两三个小时后,信子为了尽快赶到电车终点站,坐上了摇晃的人力篷车。她只能通过车上的镶有赛璐珞的方形窗口看到外面的世界。只见城乡部的房子和秋色浸染的杂树林慢慢地连续后退,只有飘着薄云的清冷秋空在窗中固定不变。

信子心如止水,但是支配着这份宁静的却是认命的寂寞。照子情绪爆发结束后,伴着和解的泪水,两姐妹又重归于好。但是事实摆在那里,信子无法忘记。没等表兄回来,她便登上这辆篷车,她感到和妹妹成为了外人,这让信子心中结冰。

信子突然抬起眼。这时从窗口看到了表兄的身影,他夹着手杖,大步走在满是灰尘的路上。她的心动摇了。是让车停下还是就这么擦肩而过?她忍住心中的波动,在车里突然无比纠结。而俊吉离自己越来越近,在秋日淡淡的阳光下,他正悠然走在满是水坑的路上。

"俊吉。"信子差点就喊出来。实际上那时候熟悉的俊吉身影正出现在她车旁边,但她又畏畏缩缩。这时候,不知情的俊吉最终与篷车擦肩而过。浑浊的天空、稀疏的房屋、高树上的黄叶,还有依旧少见人影的郊区街道。

"秋天……"

信子在微寒的车篷下,感到笼罩全身的寂寞,深深地感伤这凄凉的秋天。

1920 年 3 月

秋山图

"……说起黄大痴①,您有没有看过大痴的《秋山图》?"

某个秋夜,王石谷来到瓯香阁,同主人恽南田喝着茶,同时问道。

---

① 黄大痴,即黄公望(1269—1354年),元代画家,也称黄一峰。代表作品有《富春山居图》(下文称《富春卷》)、《水阁清幽图》等。——译者注

"不，没见过，您见过吗？"

大痴老人黄公望，和梅道人、黄鹤山樵一样，都是元代绘画高手。恽南田说着，想起曾经见过的《沙碛图》《富春卷》，历历在目。

"嗯，算见过，也算没见过，说起来觉得不可思议呢……"

"到底见过还是没见过呀？"恽南田惊讶地看着王石谷的脸，问道，"难不成您看到的是摹本？"

"不，不是摹本，算是真迹……但除了我以外，烟客先生（王时敏）和廉州先生（王鉴）都和《秋山图》有过因缘。"

王石谷喝了口茶，若有所思地笑了，

"您要是不觉得啰唆，我就讲给您听。"

"请讲吧。"

恽南田挑了下铜灯上的火，迫切地催促客人讲。

那是玄宰先生（董其昌）还在世的时候。一年秋天，先生正同烟客翁谈画，忽然问他是否见过黄大痴的《秋山图》。您知道，烟客翁在画道上，师从大痴。大痴的画，只要留在世上，烟客翁全都看过。但唯有这幅《秋山图》却始终没有见过。

"不，没见过，我连听都没听过。"

烟客翁回答，觉得不好意思。

"您有机会一定要看看。比起《夏山图》和《浮岚图》，《秋山图》更出色。恐怕是大痴老人作品中的极品了。"

"有这么出色的作品？我一定要看看，这画在谁手里呢？"

"在润州张家，去金山寺时，您可以登门求见，我给您写封介绍信吧。"

烟客翁拿了玄宰先生的介绍信，立刻出发去润州。张家既然收藏着如此绝画，肯定还有很多历代绝品……因此，烟客翁在西园书房里坐立不安，待不住了。

到了润州后，他很快到了期待中的张家。房子虽然很大，却是一片荒凉。藤蔓爬上墙，杂草长满院子。鸡鸭成群，见到来客，好奇张望。难怪烟客翁一时怀疑玄宰先生的话：如此人家，能收藏大痴的名画吗？但来都来了，总不能过门不入。于是，烟客翁向门口接待的小厮说明来意，自己是为了看黄大痴的《秋山图》，接着递上思白先生的介绍信。

没过多久，有人将烟客翁请到厅堂。厅堂冷清，整齐地摆着紫檀桌椅，但透出灰尘的气味……青砖地上，似乎有股荒凉气息。幸亏出来接待的主人，虽然满脸病容，却看着不是坏人。不，那苍白脸色、纤巧手势，反而显出高贵气息。初次见面，烟客翁和主人寒暄后，表示想看一看黄大痴的名画。据说烟客翁好像有些迷信，觉得如果现在不看，这画便会消失。

主人立刻答应了。原来这厅堂光秃秃的墙上，就挂着一幅画：

"这就是您想看的《秋山图》。"

烟客翁抬头一看，不觉惊叹：

"画色选用青绿。溪流弯弯，村落和小桥点缀其中……背后，主峰山腰，缠绕着悠然飘动的秋云，蛤粉层次分明。丛山叠嶂，高高低低，描出新雨后的翠黛。点缀朱砂，丛林处处有红叶，美得无法描述。色彩华丽、布局宏大、笔墨浑厚，绚烂色彩中，积淀着空灵坦荡的古趣。"

烟客翁彻底着了迷，一直盯着画看，越看越觉得神奇。

"怎么样，您喜欢吗？"

主人微笑着看向烟客翁的侧脸。

"真是神品！都说玄宰先生过奖了，但我觉得赞得还不够。我至今看过的诸多名作都得甘拜下风了。"

说话的时候,烟客翁的眼睛依然未曾离开《秋山图》。

"是吗,真是如此杰作?"

烟客翁不由吃惊地看向主人:

"您觉得我说得不对吗?"

"不,不是不对,实际上……"

主人像少女似的,脸红了,接着寂寞一笑,惶恐地看着墙上的名画,继续说道:

"实际上,每次看这画,我总觉得像是睁眼做梦。不错,《秋山图》很美。但这个美,是不是只有我感到呢?别人看的话,可能觉得这只是平庸之作。不知为什么,我总是这么怀疑。可能是我想多了,或者是这画在世间画中太过美丽的原因?我不知道是哪个原因,总之很奇妙,听了您的赞赏,我才放下心来。"

烟客翁那时并没有把主人的解释特别放心上。这不仅因为他看画着迷,还觉得主人完全不懂鉴赏,故作内行,随便说而已。

一会儿后,烟客翁便告别这废宅般的张家。

但那幅刻入眼中的《秋山图》却让烟客翁难以忘怀。他师从大痴道人,他什么都可以不要,唯独一心想拿到这幅《秋山图》。烟客翁是收藏家,但家藏墨宝中,哪怕是二十镒黄金求得的李营丘《山阴泛雪图》，和这幅《秋山图》的神趣相比，都不免相形见绌。所以，烟客翁怎么都想得到这幅黄大痴的画。

于是在润州期间，烟客翁几次派人到张家协商，希望其能出让《秋山图》，可张家怎么都不愿答应。据前去协商的人说，脸色苍白的主人说："既然您喜欢这幅画，我可以出借，但是我不愿出让。"这多少让骄傲的烟客翁不爽。他心中琢磨着，现在我不去借，总有一天能搞到。最后并未去借，便离开了润州。

一年后，烟客翁又去润州，再次拜访张家。墙上的藤蔓和院中的荒草，和往昔一样。但出来接待的小厮说，主人不在家。烟客翁说，不见主人也行，只想再看看那幅《秋山图》。请求了好几次，可小厮总借口主人不在，不放他进去，最后竟然把门关上，不理他了。于是，烟客翁也无可奈何，只能想着藏在这废宅中的名画，惆怅归来。

可后来烟客翁又见到玄宰先生，先生对他说，除了大痴的《秋山图》，张家还收藏着沈石田的《雨夜止宿图》《自寿图》等名画。

"我之前忘了和你说了，这两幅画跟《秋山图》一样，可谓画苑奇观，我再写封介绍信，你一定要去看看。"

烟客立刻派人到张家，除了玄宰先生的介绍信，还让那人带上求购名画的银子。可张家仍和上次一样，唯独黄大痴这幅画决不出让。烟客翁最终只能对《秋山图》断了念想。

王石谷稍停一下，又说：

"这些是我从烟客翁先生那里听到的。"

"那么，只有烟客先生见过《秋山图》了吗？"

恽南田点头，望着王石谷。

"先生说他看过，至于真假，那谁也不知道了。"

"但刚才您说……"

"先听我讲，等我讲完，您有可能和我的想法不一样。"

王石谷这次没喝茶，又娓娓继续讲述。

烟客翁和我说这事，距离第一次看见《秋山图》，近五十年光阴。那时，玄宰先生早已故去，张家也不知不觉到了第三代。所以，这幅《秋山图》落入谁家，是不是已经销毁了，也无人知晓。烟客翁给我讲了《秋山图》的妙处，仿佛画就在手上似的，又遗憾地说：

"黄大痴的《秋山图》，就像公孙大娘的剑器，有笔墨而不留痕迹，只是一股难以表述的神韵直逼人们的心头……如同神龙驾雾，人剑合一，既不见剑，也不见人。"

此后约一月，春风乍涌，我独自南下。烟客翁对我说："这是好机会，一定要打听下《秋山图》的下落。此画若能再现人间，真乃画苑大幸。"

我当然也这么希望，马上请烟客翁写了介绍信。但途中我要到不少地方，一时没时间去访问润州张家。直到布谷啼叫季，我一直拿着介绍信，却没去找《秋山图》的下落。

其间，我偶然听说，那《秋山图》已落入贵戚王氏之手。途中，我把烟客翁给的介绍信给他人看，中间便有认识王氏的人。王氏身为贵戚，可能之前便知道《秋山图》在张氏家。据坊间说法，张家子孙接到王氏的使者，立地将传家的彝鼎、法书，还有大痴的《秋山图》悉数献予王氏。王氏十分高兴，便邀请张氏子孙上座，请出家中歌姬，演奏音乐，大摆筵席，千金贺礼。我听说后，欢呼雀跃。历经五十载，《秋山图》仍然无恙。而且落入我相识的王家。曾几何时，烟客翁煞费苦心，只为再见此画，怎料运气不济，每次均落空。现如今，王氏无须焦虑，自然将画如海市蜃楼般呈现于我们面前。这真的可以说是天缘到了。我连背囊都没带，便急匆匆赶赴金闾王府，目睹《秋山图》了。

至今我仍历历在目。那是初夏午后，没有一丝风，王氏庭院玉栏外，牡丹花开正艳。我看到王氏，匆忙作揖，不由笑了：

"《秋山图》已是贵府之物。烟客先生曾为此画费尽心血。他终于可以安心了。这么一想，真是愉快。"

王氏满面春风，说道：

"今日，烟客先生和廉州先生应该也会过来。那就按照来的顺序，您请先看吧！"

王氏立刻将那幅《秋山图》挂于厅堂侧墙。临水红叶村、罩谷白云、远远近近如同侧立屏风的青翠群峦立刻呈现在我眼前，那是大痴道人创造的比天地更灵巧的另一番小天地。我心头雀跃，盯着墙上的画。

如此云烟丘壑，毫无疑问，这是黄大痴的真品。除了大痴，无人能做到这样的手法。加了这么多皴点，且如此灵活运用墨色……色彩重叠，又巧妙隐藏了笔痕。然而——然而这幅《秋山图》，和烟客翁曾在张家见到的那幅，并非出自同一黄大痴，且这幅还比不上那一幅。

王氏和其他食客坐在我周围，都在窥探我的脸色。所以，我必须绝对注意，脸上不能有一丝失望神色。虽然我已经竭尽小心，但脸上还是不经意露出了失望的表情。一会儿，王氏担心地问我：

"您看这幅画怎么样？"

我连忙回答：

"此乃神品！难怪烟客先生为之倾倒。"

王氏的脸色稍稍缓和，但眉宇间，依然透着对我赞赏的些许不满。

此时，曾向我大说特说《秋山图》神趣的烟客先生正好到访。他与王氏寒暄，浮现出开心的微笑：

"五十年前看到《秋山图》，还是在张家荒芜的院子里。现如今，又在富贵的贵府再次见到这幅画，真乃意外因缘。"

烟客翁说着，抬头欣赏墙上的画。没有人比他更清楚，这幅《秋山图》是否是自己曾见过的那幅。所以，我也和王氏一样，紧紧盯着他看图的表情。果不其然，他脸上也渐笼阴云。

沉默了一阵后，王氏更加不安，怯生生地问烟客翁：

"您看如何，刚才石谷先生大加赞赏了……"

我担心，耿直的烟客翁会如实回答，心里一阵发寒。

但烟客翁估计也不想让王氏失望,看完了画,郑重地对王氏说:

"得到此画,您是天大的好运。它给贵府家藏珍品增添了光彩。"

但王氏听了后,脸上的阴云还是越来越重。

那时候,迟到的廉州先生突然到访,缓解了尴尬的气氛。正当烟客翁不知如何赞赏时,所幸廉州先生来了,给气氛增添了活力。

"这就是传说中的《秋山图》吗?"

廉州先生和在座各位打了招呼,就转向黄大痴的画。接着,他只是默默地咬着嘴边的胡子。

"听说烟客先生五十年前见过这画?"

王氏越发尴尬,又说道。烟客翁没有对廉州先生说过《秋山图》的神韵。

"您如何鉴定呢?"

先生吐了口气,继续看画。

"请您知无不言……"

王氏勉强笑了,再次催问先生。

"这个吗?这是……"

廉州先生又闭上了嘴。

"这是?"

"此乃大痴第一名作……您看这云烟的浓淡,多么酣畅淋漓!林木的色彩,可谓神来之笔。您能看到那座远峰吧?整体布局来看,多么灵动啊。"

一直沉默的廉州先生开始使劲夸赞,向王氏一一指出画的妙处。王氏听后,脸色自然渐渐明朗。

这时,我向烟客翁使了个眼色,小声说道:

"先生,这就是那幅《秋山图》吗?"

烟客翁摇头,回了我一个奇妙的眼神:

"万事如梦,那张家主人可能是位狐仙吧?"

"这就是《秋山图》的故事。"

王石谷讲完,慢饮一碗茶。

"千真万确,是个不可思议的故事。"

恽南田盯着铜灯的火焰。

"后来,王氏又热心地问了很多。痴翁除了《秋山图》,还有什么画,连张氏也不知道。因此,烟客翁先生见过的画,究竟是隐藏在某处了,还是先生记错了,我也不知道了。但先生去张家看《秋山图》总不至于全是幻境吧……"

"但烟客先生心中,明明深刻留下了那幅奇怪的《秋山图》，而且你心中也……"

"青绿山石，深红红叶，直到如今，仍历历在目。"

"那么，即便没有《秋山图》，也不必遗憾了吧？"

恽王两大家，不由抚掌而笑。

1920 年 12 月

山鹬

1880年5月,一天傍晚。伊凡·屠格涅夫重回阔别两年的雅斯纳亚·波里亚那,和主人托尔斯泰伯爵一起,去伏尔加河对岸的杂木林打山鹬。

一起去的除了两位老翁,还有看着仍然年轻的托尔斯泰夫人、牵着狗的孩子们。

通往伏尔加河的路基本上都在麦田里。日落时分,微风拂过麦叶，轻轻送来泥土味。托尔斯泰扛着枪，走在最前面。他不时回头，和夫人身边的屠格涅夫说话。这位《父与子》的作者，每次都会惊讶地抬眼，开心地流利回答。有时耸一耸宽阔的肩膀，发出沙哑的笑声。比起粗犷的托尔斯泰，他回答问题很文雅，带着一丝女人味。

路变为缓坡，对面跑来两个孩子，貌似是兄弟。他们看到托尔斯泰的脸，一度停下，行了注目礼。接着又和之前一样，露着赤裸的脚底，一口气跑上山坡。托尔斯泰的孩子中，有人在后面冲他们大喊。但那两个孩子置若罔闻，一眨眼消失在麦田对面。

"村里的孩子真好玩。"

夕阳余晖照在托尔斯泰的脸上，他回头对屠格涅夫说：

"他们的话是我们想不到的。这倒教会我们如何直截了当地表达。"

屠格涅夫微笑。现在的他不同以前。从前的他，从托尔斯泰的话里听出孩子气的感动，便会不由自主嘲笑……

"最近我在给他们上课——"托尔斯泰接着说道，"突然有个孩子想跑出教室。于是我问他去哪儿，他说去咬段粉笔来。这孩子既没说取一点，也没说折一段，而说咬一段。能说出这等话的，大概只有咬粉笔的俄国孩子了。

到底我们大人是不会说的。"

"是的，只有俄国孩子才会这样。也只有听到这样的话，才真真切切感觉回到了俄国。"

屠格涅夫此时此刻才开始望着麦田。

"是啊。法国之地，说不定孩子都会抽烟。"

"说起来，您最近不抽烟了么？"从丈夫的戏谑中，托尔斯泰夫人巧妙地给客人解了围。

"是啊，我完全戒烟了。因为我在巴黎碰到两个美女，她们怪我有烟味，不让我吻她们。"

这回是托尔斯泰苦笑。

一会儿，一行人渡过伏尔加河，到了打山鹬的地方。那里离河不远，杂木林稀疏，是块潮湿的草地。

托尔斯泰把最好的打鸟位让给屠格涅夫。接着自己离开一百五十步远，在草地一角选定了位置。托尔斯泰夫人站在屠格涅夫旁，孩子们撤到他们后面，各自散开。

天空赤红。树梢交织于空中，一簇簇的清香嫩芽，朦胧一片。屠格涅夫举枪望向森林深处。林中微亮，微风轻拂，轻轻作响。

"是知更鸟和金翅雀在叫。"

托尔斯泰夫人侧听着，喃喃自语。

沉默了半小时。

此刻，天空如水。远近交错的白桦树干一片白茫茫。再没有知更鸟和金翅雀的叫声，只有偶尔传来的五十雀的几声鸣叫。屠格涅夫再次望着稀疏的树林。但此刻，森林深处已经完全黑了。

忽然，一声枪响响彻林间。枪声未散，在后面翘首以盼的孩子们已经和狗一起争着去捡猎物。

"您先生一马当先了。"

屠格涅夫扭头，笑着对托尔斯泰夫人说。

不久，二儿子伊里亚从草丛中跑向母亲，说父亲打到了山鹬。

屠格涅夫问道：

"是谁找到的？"

"是朵拉（狗的名字）发现的。发现的时候，它还活着呢。"

伊里亚又扭向母亲，火焰照着他健康红润的脸颊。他描述着发现山鹬的过程。

屠格涅夫脑中浮现出《猎人日记》一个章节的场景。

伊里亚离开后，周围恢复了宁静。微暗的森林深处，弥漫着春芽味、湿润泥土味。里面偶尔传来遥远的疲倦的鸟儿叫声。

"那是什么?"

"是青斑鸟。"

屠格涅夫马上回答。

斑鸟突然不叫了。接着,暮色下的森林里听不到任何鸟鸣。空中——没有一丝风的天空,笼罩在死气沉沉的森林上,蓝色越发深沉。一只野鸭孤独地叫着,掠过头顶。

枪声再响,打破林间寂寞,已是一小时后了。

"就是打山鹬,托尔斯泰也比我强。"

屠格涅夫眼露笑意,耸了下肩。

孩子们的你追我赶声、朵拉的不时吼叫声……这些全部宁静下来时,天空已点缀着冷冷星光。如今环视树林,已经笼罩在黑夜中,枝丫动都不动。二十分钟,三十分钟……时间无聊地流逝,夜色中的湿地上悄然升起微亮的春霭,悄悄蔓延到脚边。但他们四周一只山鹬都没有。

"今天怎么了?"托尔斯泰夫人自言自语,带着一丝同情,"很少遇到这种情况。"

"夫人听!夜莺在鸣叫。"

屠格涅夫故意换了个话题。

黑暗的森林深处，确实传来了夜莺欢快的歌声。两人沉默片刻，各自想着事，静静地听着……

突然间，用屠格涅夫自己的话说，"但只有猎人能感受到这突然间"。就在这突然间，对面草丛里伴着鸣叫，一只山鹬飞上天空。低垂的树木间，它淡白的羽毛若隐若现。当它快消失在夜色中时，屠格涅夫迅速举枪，扣动扳机。

伴着一抹烟和短暂的火光，枪声长时间回荡在宁静的森林深处。

"打中了吗？"

托尔斯泰向这走来，大声问道。

"那肯定打中了啊。它就像石头一样掉下来了。"

孩子们已经和狗一起围到屠格涅夫身边。

"你们去找找吧。"

托尔斯泰吩咐他们。

孩子们跑在狗前面，东寻西找。但无论怎么找，都没有找到山鹬的尸体。朵拉也不停地转来转去，有时趴在草里，不满地哼唧。

最后，托尔斯泰和屠格涅夫也来帮忙，与孩子们一起找。山鹬却不知去向，连根山鹬毛都没看见。

"好像没有啊。"

二十分钟后,托尔斯泰站在黑暗的树木间,对屠格涅夫说。

"怎么可能没有呢?我确实看到它像石头一样掉了下来……"屠格涅夫边说边环视草丛。

"打是打中了,有可能只是打中了鸟毛。所以掉下来后它就逃掉了。"

"不,不是只打中鸟毛,我确实打中了。"

托尔斯泰疑惑地皱起粗眉:

"那么狗应该能找得到啊。只要告诉朵拉,它肯定会叼在嘴里找回来……"

"但我真的打中了,我也没办法。"

屠格涅夫抱着枪,做了个焦虑的手势。

"打中还是没打中,这连孩子都能分辨,我可一直看着呢。"

托尔斯泰嘲弄似的盯着对方的脸:

"那狗怎么说呢?"

"狗怎么说,那我可不知道。我只是告诉你我看到了什么。总而言之,它像石头一样掉下来了。"

屠格涅夫从托尔斯泰的目光里,看到挑衅,不由尖声说道：

"就像石头一样掉下来了，我敢保证！"

"可是，朵拉不可能找不到！"

所幸，这时托尔斯泰夫人笑着向两位老翁走来，淡定地帮他们调解。夫人建议，明早让孩子们再来找一找，今晚就住在托尔斯泰的宅子里。屠格涅夫立刻同意了：

"听夫人的话。明天谜底就揭开了。"

"是呀，明天一切明朗了吧？"

托尔斯泰仍然不服气，故意扔下一句反话，突然转身离开屠格涅夫，走向森林外面。

屠格涅夫回到卧室，已经是晚上十一点的样子。总算只剩自己了，他颓废地坐在椅子上，茫然地环视四周。

卧室是托尔斯泰平时的书房之一。大大的书架，壁龛中的半身像，三四张肖像框，挂在墙上的鹿头。他周围这些东西在烛光下，没有一点儿华丽的色彩，凝固了冷冰冰的空气。不管怎么样，对今晚的屠格涅夫来说，能够一个人待着反觉得莫名的开心。

他在回卧室前，和主人一家男女围着茶桌，聊着天，消磨时间。屠格涅夫竭尽所能，又是笑又是说。但托尔斯泰那时还是面色阴沉,缄默不语。这让屠格涅夫又生气，又不安。所以，他对一家男女比平时更热情，故意不搭理主人的沉默。

每当屠格涅夫说出妙语时，一家人便开心地笑着。特别当他给孩子们惟妙惟肖地模仿德国汉堡动物园里的象叫、巴黎咖啡馆侍者的举止，更是笑得更响更欢了。但大家越开心，屠格涅夫心里越是莫名的尴尬、压抑。

"你知道最近出了一个年轻有为的新人作家吗？"

话题转到法国文学时，这位浑身难受的社交家终于忍不住，故意轻松地问托尔斯泰。

"我不知道。他叫什么名字？"

"他叫莫泊桑。居伊·德·莫泊桑[①]，是现在稀有的拥有犀利洞察力的作家。我现在包里有他的一本小说集《戴家楼》，有时间可以给你看看。"

"莫泊桑？"

托尔斯泰怀疑地瞥了他一眼。并没有回答要不要看那本小说。这让屠格涅夫想起，小时候被大孩子欺负的事。此刻这种受辱的感觉正涌上胸口。

"说起新人作家，有位特别人物来过这里呢。"

察觉到他的尴尬，托尔斯泰夫人连忙转变话题，提

[①] 居伊·德·莫泊桑（1850—1893年），法国批判现实主义作家。——译者注

到这位特别人物。一个月前的傍晚，有一位衣冠不整的年轻人过来，说一定要见主人。结果一看到初次见面的主人便说："不管怎样，你先给我点儿伏特加和鲱鱼尾巴。"这已经够让人震惊了，谁知道这位另类青年居然是小有名气的新人作家呢，这更让人惊讶。

"他叫迦尔洵。"

一听这名字，屠格涅夫又想把托尔斯泰拉进话题里。哪知对方不愿赏脸，反而更加不快。说起来，当初是自己把迦尔洵的作品介绍给托尔斯泰的。

"是迦尔洵吗？这人的小说不错。不知道你后来还读了他什么作品……"

"似乎还不错。"

但托尔斯泰还是冷冰冰的，随便应付了一句……

屠格涅夫好不容易站起来，摇着白头，在书房里静静踱步。随着他的走动，小桌上的烛火映照下，墙上他的影子大大小小不断变化。但他沉默地背着双手，慵懒的眼神一直盯着空空的床。屠格涅夫心里清晰地涌上一幕幕回忆，那是和托尔斯泰二十多年的友情。一次次放荡、时不时回到彼得堡的家里睡觉，军官时代的托尔斯泰；在涅克拉索夫的一间客厅里，傲然望着他、忘我批判乔治·桑的托尔斯泰；与自己在斯巴斯科耶[①]林间散步、不时停步感慨夏云之美、写下《三个轻骑兵》时的托尔斯泰；还有最后在费特家，握紧拳头、看着对方的脸拼命咒骂的托尔斯泰。看这些记忆，怎么看都能发现托尔斯泰的固执，他完全看不到他人的真诚。他总觉得别人做的事都是虚伪的。而且不限于别人所为与他所为发生矛盾之时。哪怕别人和他一样放荡，他会原谅自己，却不愿原谅别人。如果也有人和他一样，感慨夏云之美，他会立刻怀疑。他憎恶乔治·桑，也是因为怀疑她的真诚。他曾经与屠格涅夫绝交。不，这次屠格涅夫说打中了山鹬，而他却依然觉得嗅到了谎言的味道……

屠格涅夫深深叹气，忽然停在壁龛前。远处烛光下，壁龛中的大理石像影子飘忽不定。那是列夫的长兄，尼古拉·托尔斯泰的半身像。想来岁月飞逝，与自己关系颇深的尼古拉成为故人至今已有二十多年。如果列夫能够共情他人，哪怕只有尼古拉的一半……很长时间，屠格涅夫不知春夜已深，久久寂寞地盯着壁龛中的昏暗头像……

[①] 斯巴斯科耶，斯巴斯科耶－卢托维诺沃庄园位于现俄罗斯中部，屠格涅夫在这里度过难忘的童年和流放生活。——译者注

第二天早上，屠格涅夫早早来到家里特定的餐厅——二楼客厅。客厅墙上挂着托尔斯泰祖先的几幅肖像。托尔斯泰正坐在其中一幅像下，对桌阅读当日信函。孩子们还没来，除他之外没有其他人。

两位老翁互相打了招呼。

屠格涅夫这时偷窥对方的脸色，只要稍微能看出点儿好意，就打算立刻和好。可托尔斯泰还是那么夹生，两三句话后，又如之前那样沉默，只顾阅信。屠格涅夫无奈，把附近的椅子拖来，坐下开始默默看报。

冷清的客厅里，除了开水沸腾声，什么声音都没有。

"昨晚睡得还好吧？"

看完信，托尔斯泰可能想到什么，问屠格涅夫。

"睡得很好。"

屠格涅夫放下报纸，等着托尔斯泰再来问话。可他却拿起银把茶杯，往里倒了些沸腾的茶，又闭上了嘴。

一两次后，屠格涅夫又和昨晚一样，看着托尔斯泰紧绷的脸，心情渐渐沉重。特别是，今早上旁边没有人，他更觉得心无可依。要是托尔斯泰夫人在的话——他心里几次着急地想着。但不知怎么了，直到现在都没有要来人的迹象。

五分钟,十分钟。屠格涅夫终于忍不住了,扔掉报纸,踉跄站起。

这时,客厅外突然传来很多人说话的声音和脚步声。他们争先恐后,咚咚奔上楼梯。这时,门被一下子粗暴推开,五六个男女孩子说着什么,奔进了客厅。

"爸爸,我找到啦!"

伊里亚站在最前面,得意扬扬地晃着手中之物。

"是我先找到的。"

酷似母亲的塔吉亚娜大声喊道,不输于弟弟。

"可能是它掉下来时挂住了。挂在白杨树枝上了。"

大儿子谢尔盖最后解释道。

托尔斯泰惊呆了,环视着孩子们的脸。但当他听到昨天打中的山鹬终于找到了,络腮胡须脸上突然浮现明媚笑容:

"是吗?挂在树枝上了?那狗当然找不到啦。"

托尔斯泰从椅子上站起来,走到和孩子们拥抱的屠格涅夫旁,伸出结实的右手。

"屠格涅夫,我放心了。我不是说谎的人。如果这鸟掉地上,朵拉肯定能叼过来的。"

屠格涅夫有些害羞地紧握托尔斯泰的手。找到的是山鹬，还是《安娜·卡列尼娜》的作者呢？这位《父与子》的作家一时难以判断，喜极而泣，激动万分：

"我也不是说谎的人。你看这手，不是一发即中吗？我枪声一响，鸟就像石头一样掉了下来呢……"

两位老翁不约而同，相视而笑。

1920 年 12 月

鼠小僧次郎吉[1]

一

一个初秋的傍晚。

汐留[2]船员客栈"伊豆屋"二楼,看起来游手好闲的

---
[1] 日本江户时代的传奇怪盗,传说白天是花花公子,晚上则变成"鼠小僧",他从有钱有势人家偷出财宝,分发给贫苦百姓。——译者注
[2] 汐留,日本东京都内某区域,是日本铁路的发祥地,曾长期作为日本国有铁道大型货运集散地。——译者注

两名男子正频频举杯，觥筹交错，喝了良久。

一人皮肤微黑，身形略胖，随便穿着结城①绸单衫，系着八反锦②条纹腰带，披着舶来品——深蓝底竖条纹日式薄短褂，沧桑的男子气中倒透出几分俊气。另一人皮肤白皙，体形矮小，穿着掉浆的小方格花纹单衫，腰缠算盘珠花纹三尺腰带，刺青一直连到手腕，看着十分扎眼，不但毫无意气风发之感，反让人觉得粗暴懒散，心生畏惧。看起来这白矮男本领居下，一直称黑胖男为"师父"。然而，两人年龄相仿，从互相敬酒中可以明显看出，两人交情胜过世间师徒。

虽然已是初秋黄昏，烈日余晖依然洒在对面的陶瓷瓦墙上。夕阳西下，柳树茂密，树荫闷热，提醒人们那尚未远去的夏日残暑。虽然船员客栈的二楼将苇帘换成了格窗，但夏天似乎仍然留恋着江户城。栏杆前垂下的伊予③苇帘、不知何时挂在壁龛上的瀑布水墨画、两人中间摆着的鲜鲍鱼和生鱼片上，都能看见残夏那流连忘返的身影。一街相隔的明澈河面上偶尔吹来阵阵微风，吹

---

① 结城，日本茨城县西部的城市，产有日本著名的"结城绸"。——译者注
② 八反锦，日本丝绸的种类之一，由黄色和褐色条纹组成。日本东京都八王子市、山形县米泽市等地为其产地。——译者注
③ 伊予，现日本爱媛县。——译者注

动两个微醺男子的左边鬓发。虽然让他们感到一丝凉意，但未觉秋意。尤其是那白矮男，正敞开着小方格单衣胸襟，只见胸口的银锁护身符时不时闪光。

两人避开女侍，密谈许久，甚是投入。不久后，密谈结束，那黑胖男随意将酒杯还给对方，又拿出膝下的烟管，说道：

"就这样，时隔三年，我终于又回到江户啦！"

"是啊，我琢磨着，都这么久了，你怎么才回来呢。但你这次回来，不光兄弟们，江户人都很开心。"

"也只有你会这么说呢。"

"嘿嘿，你说得对。"

白矮男特意瞥了黑胖男一眼，故意调侃地抿嘴笑道：

"要不你去问问小花姐？"

"这个么……"

被称为"师父"的黑胖男叼着心形烟管，略微露出苦笑，但立马又正经说道：

"不过，我离开的这三年，江户城完全变了模样啊。"

"不，有的变了，有的没变。私娼现今一片萧条，让人难以置信。"

"不是我年纪大了，如此说来，还是过去让人怀念啊！"

"不变的只有我。嘿嘿，总是这么没本事。"

白矮男一口饮尽杯中酒，用手擦了擦嘴边的酒沫，自嘲地挑眉说道：

"想想三年前，那真是人间天堂。是吧？师父，你轰动江户城的那段时间，窃贼中不是有个特难对付的神偷鼠小僧吗？虽然离石川五右卫门①还有一些差距。"

"胡说八道！怎能把我和盗窃相提并论？"

白矮男被烟呛了，不禁苦笑。而豪爽的黑胖男却并未在意，又自斟自饮地喝了一大杯，说道：

"看看现在，小打小闹的小毛贼到处都是，但江湖大盗消失殆尽。"

"没有不是挺好吗？国有盗贼，家有老鼠。还是没有大盗好啊。"

"自然是没有的好，那肯定啊。"

白矮男伸出刺了文身的胳膊，向师父敬酒，说道：

"想当年，嘿嘿，连窃贼居然都让人怀念，真是奇怪啊。师父肯定知道，那灵鼠的气魄真给力，是吧？"

---

① 石川五右卫门，日本安土桃山时代的侠盗，出生年月不详，死于1594年。白天打扮成商人，夜里抢劫。后被丰臣秀吉以釜煮之刑处死。——译者注

"你说的没错。给窃贼撑腰,赌博是最好的办法。"

"嘿嘿,这办法可以。"

白矮男说着,垂下肩膀。对面的男子马上精神地说道:

"我倒不是说窃贼的好,听说那家伙一去有钱官府,就抢现金,分给贫苦之人。善恶确实有别,我觉得吧,反正是窃贼,做了坏事总得积点德。"

"是啊,听你这么说也有些道理。鼠小僧这家伙做梦都没想到改代町①的裸松②会偏袒他,真是神灵庇护啊。"

黑胖男回敬酒,出人意料地平静说着。突然,他似乎想起了什么,很明显地往前凑了凑,接着又露出明朗的笑容,说道:"你听我说,我曾经看过有关鼠小僧的有趣闹剧,现在想起来都笑得肚子疼。"

被称为"师父"的黑胖男说了这段开场白后,又悠然叼着烟袋。只见烟雾升起,烟圈在夕阳中消散。他开始讲起下面的故事。

---

① 改代町,位于日本东京新宿区东北部。——译者注
② 裸松,人名。——译者注

二

距今刚好三年前,我因为赌场的纷争离开江户。

东海道①有路障,路并不好走,我得经过甲州大道步行到身延②。我记忆犹新,12月11日我从四谷的荒木町出发,装扮成流浪汉的模样。那副样子你也知道,套着两件结城绸裃子,系着博多腰带,佩着短刀,披着棕色短斗篷,头戴斗笠。当然,陪伴我的只有肩上的行李,没有其他人同行。绑在腿上的草鞋虽然轻便,但一想到再也待不了江户,不由心灰意冷。虽然说起来很老套,我依依不舍,一步三回头。

那天偏偏又是个寒冷彻骨、天空阴沉的雪天。甲州大道上有座不知名的山,乌云压顶,犹如屏风般罩在连片枯叶都没有的桑田上。站在桑枝上的金翅雀都被寒冷冻住了喉咙,叫不出声音。时不时吹来的干冷寒风,正不断侧掀着我的斗篷。再怎么逞能,我这个不习惯旅行的江户人已是狼狈不堪。我按着斗笠,不停地回头张望

---
① 东海道,江户时期指由江户城向外辐射出的五条重要交通线路之一。现指日本本州太平洋侧的中部地区。——译者注
② 身延,位于富士山之西。——译者注

一早离开的新宿和四谷的江户方向。

我那副狼狈的模样,引起了路人的同情。一离开府中①的旅馆,一个规规矩矩的年轻男子从后面追上来,不停地和我搭讪。我定睛一看,他穿着藏青色斗篷,头戴斗笠,一身常规的旅行装束。但他的脖子上挂着褪色的竖条纹深蓝色包袱,洗得发白的条纹外套上系着褪色的小仓腰带,右鬓处有一处斑秃,下巴凹陷。虽然没有风吹鼓他的钱袋,也能看出囊中羞涩,人却不错,他热心地向我介绍沿途的名胜古迹。我一直就希望能有个旅伴。

"你去哪里呀?"

"我去甲府,老爷您去哪里?"

"我啊,我去身延。"

"我说,您是江户人吧?住在江户哪里呀?"

"嗯,我住在茅场町的绿植店。你也住在江户吗?"

"是啊,我住在深川的六间堀,开着一间名为'越后屋重吉'的杂货店。"

我们就这么聊起来。同为江户人,聊着熟悉的话题,觉得找到了旅伴。我们一起赶路,快到日野旅馆时,天空开始飘雪。我无法想象如若一个人旅行的痛苦。时间

---

① 府中,日本关东地区的城市。——译者注

已过下午四点，我抬头看了看雪天。只听到河边鸟声阵阵，寒冷彻骨。不管如何，今夜得住在日野旅馆了，所以必须走快一些。幸亏有个旅伴，虽然他看着寒酸，至少也是个杂货铺老板。

"老爷，雪下这么大，恐怕明天我们走不了太多路，那今天走到八王子好吗？"

听他这么一说，我也就应允了，我们深一脚浅一脚走到了八王子。天空漆黑，路边足迹可见，积雪皑皑的屋顶连成一片。家家户户檐下点起红灯笼，晚归的马铃声越来越近，如此雪景宛如浮世绘一般。这时，旅伴在前面踩雪前行，说道："老爷，今晚我想和您结伴住宿。"

他恳求了好几遍，我也没有反对，说道：

"这样一来，我也不会孤零零的了。但我是第一次来八王子，不知道哪里有旅馆。"

"没关系。那里有一家'山甚'旅馆，我经常住那边。"

说着便把我带到了一家所谓的旅馆，门口也挂着红灯笼。入口房间宽敞，里面连着厨房。我们进门后，账房狮子花纹的火盆边坐着的掌柜还没来得及说"请客官洗脸"，我们就感到一股诱人的米饭汤汁香味，夹杂着热气和烟气扑鼻而来。女侍提着灯笼让我们脱了草鞋，

将我们带到二楼的房间,先洗个澡暖暖身子,再喝上几杯热酒。那旅伴真是唠叨,喝了几杯酒,更是喋喋不休,让人难以招架:

"老爷,这酒合您口味吗?去了甲州大道便喝不上咯。嘿嘿,说个老玩笑,我好多次向与右卫门的老婆炫耀喝酒呢①。"

说这些时他还算正常。可当酒壶排了一排,酒过三巡之时,他垂下眼角,鼻头闪光,搞笑地摇着凹陷的下巴,颤抖地哼了起来:

"酒真是害人不浅,在您面前我不好意思说,烟柳巷喝多害了自己。啊,艳丽妖女蛊惑人心。"我实在没办法,寻思着让他睡觉最好。因此,插空让他赶紧吃饭。

"喂,明天还要早起呢。快睡吧,睡吧。"

我不断催促,好不容易让这贪恋酒杯的家伙躺下,这下好多了,刚才还大叫高唱的家伙一碰到枕头,打了个哈欠,酒气熏天,又用毛骨悚然的声音唱道:"啊啊,艳丽妖女蛊惑人心。"接着马上鼾声阵阵。不管老鼠怎

---

① 日本江户时期流行的文字游戏,使用相同或相近读音的词语一语双关。与右卫门的老婆名"累"与"好多次"的发音相同,此处表达为文字游戏。——译者注

么吵闹，身都不翻一下。

这对我而言又是灾难。不管怎么说，这是我离开江户的第一晚，那家伙的呼噜声不绝于耳。奇怪的是，周围越是安静，我越是睡不着。雪不停地下，时不时将木板窗子吹得沙沙响。睡在身旁的家伙梦中还在哼着歌。我离开了江户，也许也有一两个人念着我晚上睡不着觉吧。这不是痴人说梦，一想到这些无聊事，我更睡不着了，只盼着快点天亮。

就这么万般思绪，过了三更，过了四更。不久睡意袭来，不知什么时候我迷迷糊糊睡着了。过了一会儿醒来，也许是老鼠拉掉了灯芯，旁边的灯笼已经熄灭了。刚才还鼾声如雷的家伙这会儿悄无声息，如死人一般，毫无声息。这是怎么回事？我正琢磨着，一只手伸进了我的被窝，哆哆嗦嗦地解我的钱袋。人不可貌相，没料到那家伙居然是窃贼，真是贼胆包天。我差点笑出来，想到晚上还与这家伙喝酒，更是生气。这家伙刚要解开钱袋的结，我冷不丁猛地抓住他的手，扭了过来。那家伙大吃一惊，慌忙挣扎，我用被子蒙住他的头，趁势骑在他身上。这窝囊废硬是从被子下伸出头，像乌鸡打鸣一样发出怪声："杀、杀人啦！"真是贼喊捉贼，让我怒火中烧。刚见面时我就觉得这人没男子气概,我抄起手边的枕头,猛烈地打向他的脸。

这下好了,周围的房客听到动静,都醒了。老板和伙计们满脸诧异,提着灯台纷纷走上二楼。进房一看,那家伙在我大腿间露出奇怪的脸庞,喘个不停,让大家忍不住大笑。

"喂,老板,我被这只'跳蚤'咬了。惊扰了大家,很是抱歉。那就拜托你,代我向房客们好好致歉吧。"

我就说了这些,没再多说。伙计们立刻把那家伙五花大绑,就像活捉了一只河童[①]一般,蜂拥地将其从二楼押解下去。

后来,老板拱手,多次低头道歉:

"真是意想不到天降祸端,让您受惊了。不过还好路费和钱财都没丢,真是不幸中的万幸。一会儿天亮了我就把那家伙送到衙门去。我们的不周之处,请您包涵。"

"没关系,我没想到他是窃贼,还与他结伴而行,是我自己疏忽了,你不必道歉。这是我的一点心意,请给今晚帮忙的兄弟们吃一碗热荞麦面吧!"

---

① 河童,日本民间传说中的生物,有鸟喙、青蛙腿、猴子身体、乌龟壳,如同多种动物的综合体。——译者注

我拿了点儿赏钱打发他走了,剩下我自己反复琢磨。我又不是被旅馆的女郎拒绝,就这么抱着胳膊久久躺在床上,这也太傻了。我不想睡了,一番忙乱中天也快亮了,不如现在就起来,虽然路黑,早点出发总是好的。我下定主意,便立刻开始整理行装,准备去账房结账。为了不打扰其他房客,我轻手轻脚地走到楼梯口。楼下的伙计们似乎还没睡,我听到了他们的说话声。他们几次提到你说的"鼠小僧"这个名字,我感到奇怪,提着肩上的背囊向楼下看去。只见宽敞的门厅正中央,那个叫越后屋重吉的家伙大模大样盘腿坐着,身上的绳索还绑在柱子上。他身边是一名小伙计和一名管家,强光下卷着袖子。那个管家抓着算盘,秃头上冒着热气,正骂骂咧咧,说道:

"真是的,小毛贼居然也上台面了。说不定哪天超越鼠小僧那样的江湖大盗。真的,如果成真的话,整条街道的旅馆就会因为他败了名声。如此说来,不如现在杀了这厮,那才是行了大善事。"

旁边一个邋里邋遢的马夫模样的胡须大汉盯着窃贼的脸,说道:

"哎呀,管家大人,您怎么老说这些没用的话。这厮怎能有鼠小僧的能耐？小毛贼都是乱逞强的，您看他那副样子，就知道了。"

"没错，也就是个黄鼠狼小贼。"

拿吹火筒作武器的小伙计这么说道。

"是啊，看他那副臭猴样，还没偷到人家钱袋，自己的兜裆裤差点被人偷了。"

"与其装扮旅客偷钱，还不如棒头粘上胶，跟孩子们一起去偷庙里的香火钱呢！"

"说啥呀，还不如到我屋子后面的谷地里站着，代替稻草人呢！"

众人的嘲笑中，那个小贼似乎一时懊悔。不久当年轻人用吹火筒强行挑起他的脸时，他突然卷舌说：

"喂喂喂，你们这些混账东西。冲着谁胡言乱语呢！大哥我可是称霸日本的江户名盗。贬低我也有个度，你们这些乡下人，不懂装懂乱说什么？"

这下可把众人震住了。其实，正要下楼的我看到那家伙的嚣张气势，停在中途，准备观望事态发展；更何况那个老实巴交的管家，甚至忘了自己拿出了算盘，无比惊讶地望着那家伙。不过，那个马夫仍然捋着胡子，无动于衷，盛气凌人地说道：

"你这小毛贼,有什么厉害的!三年前那场暴风雨中,擒住雷兽的衡山旅馆的勘太就是老子我。我跺一跺脚就能踩死你!"

小毛贼却冷冷笑道:"哼,你们知道些啥?我能被你吓住?你们好好竖起耳朵,听听我的故事。说这些给你们解困真是大材小用了。"

接着他便气势凌人地痛斥众人,骂得痛快淋漓。看他的脸,冻得够呛,鼻子下面的鼻涕发光。被我揍得鬓角到下巴都肿着,面部歪扭。尽管这副模样,他用气势压住了这些乡下人。那家伙神采焕发,滔滔不绝数着自幼以来所做的恶事。接着,那个擒住雷兽的马夫也不再捅他了。如此一来,那家伙越发神气,晃着凹陷的下巴狠狠瞪着那三人,说道:

"哼,你们这些没心没肺的,以为我会怕吗?居然认为我只是个小毛贼,你们错了!你们肯定记得去年秋天暴风雨之夜,潜入这个旅馆的村长房间,偷走他全部财物的,不是别人,正是老子我!"

"是你偷走了村长的钱?"

众人惊呼。除了管家,拿着吹火竹筒的小伙计也似乎吓得不行,不禁后退了两三步。

"是啊，就这些小事，瞧瞧就把你们一个个吓成这样。你们好好听着，前不久在小佛岭上，两个运送钱财的差役被人杀害，知道那是谁干的吗？"

那家伙吸回了清鼻涕，接着又开始喋喋不休地吹嘘他干的恶事。什么在府中砸开仓库，什么在日野的旅馆放火，什么在厚木大道的山中侮辱巡礼的女人等。奇怪的是，这样的罪大恶极，却让管家和两个伙计莫名对那厮献起殷勤来。那个马夫抱着粗壮有力的胳膊，目不转睛盯着他，吼道：

"你真是个大坏蛋！"

这时我倒觉得有趣，差点笑出声来。何况那小毛贼的酒似乎醒了，冻得脸色煞白，牙齿打架，却依然嘴硬，装模作样地说道：

"怎么样？开眼界了吧？我的本事可不止这些。这次我是因为想弄些私房钱勒死了我亲娘后露馅了才逃出江户城的。"

如此高调亮明身份，让三人呆若木鸡，仿佛仰慕着明星一样高兴地看着那家伙从鬓角起肿着的脸。我实在觉得无聊，看不下去了，下了两三级楼梯的时候，秃顶管家好像突然想到了什么，拍手叫道：

"呀！我知道啦！莫非鼠小僧就是你的绰号？"

于是，我立马改变了主意，想听听那家伙还会乱扯什么，停在昏暗的楼梯中间。那家伙瞪着管家，趾高气扬地冷笑道：

"既然你都知道了，我也没办法了，我就是震慑江户的鼠小僧。"

话音刚落，他全身一颤，立刻连打了几个没趣的喷嚏，打破了好不容易树立起来的威慑效果。尽管这样，那三个家伙仿佛听到胜利相扑选手的宣布姓名一样，给他助威：

"我早就发现是你了。我是三年前暴风雨擒住雷兽的衡山旅馆勘太，小孩子听到我的名字都不敢哭。可是你见了我，居然一点儿都不害怕！"

"是啊，他的眼神多么锐利威猛啊。"

"真的，所以我一开始就说，这人是个江洋大盗。真的，今夜真是老手失算。如果没有失手，这二楼的房客都要被偷光咯。"

大家就这么七嘴八舌地奉承，却并未给他解绳。于是，那个小毛贼又开始威风起来：

"管家啊，我鼠小僧住在你们旅馆是你们的命好。

让我口干舌燥的，就要倒大霉了。赶紧的，搞五升酒来，不用热了。"

这混蛋说这话真是恬不知耻，而旁边认真聆听的管家也是个傻瓜。当我看到门厅灯下，秃头管家给那混蛋窃贼用木升喂酒，就觉得不只是山甚旅馆的伙计，世间之人都如此愚笨。虽然都是坏人，但小偷小骗比豪取的罪过要轻一些，小偷比放火者罪过要轻一些。所以世间之人应该痛恨江洋大盗，同情小偷小骗。事实却并非如此，对下等人残忍无情，对臭名昭著的坏人却主动低头；对自称鼠小僧的人竟然给他喂酒，如果是小毛贼就打倒在地。想起来，我如果是窃贼，也不愿意小偷小骗。不过想归想，我也不能一直这么无止境地看下去，于是我故意发出声音，把行李扔到房门口，说道：

"喂，管家，我准备早点儿出发了，帮我结账吧！"

秃头管家大概是不好意思了，慌忙将酒升给马夫，几次摸着鬓角。

"这么早就走啦？唉，您千万别生气。另外，刚才让您破费了。不过，正巧雪好像也停了。"

听着他不着边际的话，我更觉搞笑，说道：

"刚才我下楼梯听到了，这小毛贼就是大名鼎鼎的鼠小僧吗？"

"嗯，是啊。喂，赶紧给客人把草鞋拿来！斗笠和斗篷都在这里了。听说是个江洋大盗呢。啊，我现在就结账。"

管家一边骂着小伙计，一边慌慌张张地进入账台里面，接着装模作样地叼着笔噼里啪啦地拨着算盘。趁这工夫，我穿上草鞋，抽了一袋烟。那家伙似乎酒劲又来了，鬓角都红了。到底觉得理亏，他的眼神尽量回避我，只看旁边。看到那副寒酸模样，我又升起几分同情，说道：

"喂，越后屋，哦不，重吉啊，我不跟你开无聊的玩笑。你说自己是鼠小僧，老实的乡下人如果当真了，那你可就难办了。"

我好心提醒他，可这傻瓜还觉得戏没演够，说："你说啥呢？我不是鼠小僧？这么说你就有眼界了？亏我'老爷、老爷'地喊你。"

"真是的，你吹了这么多，也就是骗骗这里的马夫和小伙计而已。不过，从刚才开始你已经吹得差不多了吧！别的不说，如果你真的是日本第一江洋大盗，毫无必要如此长篇大论地吹嘘过去的恶事。这对你丝毫没有好处。你听好了，你非要说自己是鼠小僧，那么衙门很可能当真，到时候，轻则入大牢，重则凌迟。你还要自称鼠小僧吗？

到时候你怎么办呢！"

我直击要害，那个傻瓜吓得嘴唇颜色都变了：

"唉，真是对不住。其实我并非鼠小僧，只是一个小窃贼而已。"

"是吧？鼠小僧能像你这般模样？但是，你又是放火，又是抢民宅，也是个恶贯满盈的大坏蛋。脑袋看来是保不住咯！"

我边在门框上敲着烟袋边严肃地调侃他，那家伙似乎酒醒了，吸着鼻涕，哽咽地说道：

"哪里哪里，那些都是编的。我之前和您说过，我开着一家叫'越后屋重吉'的杂货铺，我每年都要在这大道上来往一两次，道听途说了不少传言，没忍住就说出来了。"

"喂，喂，你刚才不是说自己是窃贼吗？我还是第一次听说窃贼开杂货铺的。"

"不，偷东西我今晚是第一次。今天秋天老婆溜走了，后来都是不顺利的事。所谓人穷则钝，我一时冲动，干了错事，冒犯了您。"

本来，任他如何装傻，我都能看出他是个窃贼。所以听到这话，我大吃一惊，端着还没装满烟草的烟管，

话也说不出来。但我只是吃惊,而马夫和小伙计却是生气,还没等我阻止,他们已经打倒了那窃贼,喊道:

"你这混蛋,居然敢欺骗我们!"

"给我打烂他的脸!"

一片喧闹,吹火筒与酒升漫天飞,可怜那小窃贼脸还未消肿,又被打了满头大包。

三

"这个故事就到此结束啦。"

黑胖男如此讲完故事后,拿起桌上许久没动的酒杯。

对面的陶瓦墙上,夕阳余晖已无,临河的柳树上罩上了浓浓的暮色。这时,三缘山增上寺的钟声晃动着栏外的海腥味空气,似乎这时才是真正的秋凉,渗透人心。伊予竹帘,随风飘动,御滨御殿林中,乌鸦阵啼。两人面前的桌上,洗杯盆闪着冷光,女侍很快就要端着摇曳的红烛上楼来了吧。

白矮男看到对方拿起酒盅,立马按住酒壶柄,说:

"哎呀,居然有这等混蛋!他把日本大盗的护身神、我神往的鼠小僧搞成什么样了？如果是我，我一定把他打趴下！"

"别这么生气嘛，连那等货色都敢自称，鼠小僧就闻名了，这也是鼠小僧希望看到的。"

"虽然这么说，可那个新手窃贼冒名鼠小僧……"

白矮男似乎还想争辩几句，黑胖男却露出悠然的微笑，说道：

"我就说如愿了。我还没说明白。三年前在江户引起舆论喧哗的鼠小僧——"

说到这里，他拿着酒壶，目光锐利地四周扫视。

"就是我——和泉屋的次郎吉。"

1919 年 12 月

素戈鸣尊①

一

高天原国也已入春。

如今远眺四面群山,所有山峰积雪都已融化。牛马玩耍,草原上一片嫩绿。波光粼粼的天安河水沿着山脚流去,

---

① 可以写作"素戈男尊、素戈鸣尊、素戈雄尊、须佐乃袁尊"等,在中国也有人译作"素盏鸣尊"。——译者注

悄悄露出久违的暖意。河畔部落，春燕归来。女人们头顶瓦罐，去井边打水。井边山茶花落，在潮湿石上撒下白色的花朵。

春日午后，静谧惬意。天安河滩上来了很多青年，他们铆足了劲，正沉浸在竞技比赛中。

青年们先手持弓箭，向头顶苍穹放箭。弓箭如林，箭声如狂风呼啸，响响停停。每次响起时，阳光下的箭羽闪烁着光芒，仿佛无数蝗虫冲向空中彩霞。其中飞得最高的当属白鹇翎毛箭，高得不见踪影。这箭的弓箭手是一个身着黑白格倭衣的丑陋青年，他正手持粗大的白檀木弓，不时放箭。

白色羽箭升空之时，众青年仰首望空，纷纷赞叹。但当他们发现每次都属白色羽箭射得最高时，态度又转而冷淡。不仅如此，甚至还有人赞扬技艺不如丑陋青年的人。

即便如此，丑陋青年依然开心射箭。此时，不知哪个青年开始放下弓箭，刚才一直乱飞的箭雨眼看着变得稀拉。最后只有丑陋青年的白色羽箭如白日流星般笔直升空。

不久后，丑陋青年停止射箭，面露得意之色，扭头看同伴们，但却遍寻不得共享满足之人。其他青年此刻已聚集于河滩水边，投入在穿越天安河面的比赛中。

他们暗暗较劲，看在同一条河边，谁跳过的河面最宽。有时候，一些青年运气不佳，掉入闪着钢刀光芒的河中，溅起炫目水烟。但大部分人都能像鹿过谷一般灵敏跃过，随之扭头望着彼岸开心地笑着。

丑陋青年看到这新鲜游戏，立刻将弓箭扔在沙滩上，轻快地跃过河面。虽然他跃过的河面最宽，但其他青年却更加不予理会。跟在他后面的高个美男子虽然跳的河面比他窄、跳得更轻松，却更吸引众人的目光。那美男子虽着同等黑白格倭衣，脖上的勾玉和手腕上的手镯却比任何人都精巧。丑陋青年交叉双臂，略带羡慕地抬眼望着那美男子。不久后，他便离开队伍，顶着烈日独自走向下游。

二

丑陋青年走向下游途中，不久在一个谁都没跃过、足有三丈宽的河边停下。湍急河水在那里失去了气势，两岸石头和沙间有一汪碧水。他目测了下水面宽度，突然后退两三步，像石头一样猛然跃起，但并未成功，一头栽入水中，激起巨大水花。

他落水之处离其他青年并不远，所有人都目睹了他的失败。有些人看到后捧腹大笑，仿佛在说"活该"。还有人笑了一阵后，表示同情，给予鼓励。表示好意的人中，也有那位戴着精巧勾玉和手镯的美男子。这些人看到丑陋青年的失败，如同对待世上弱者一般，开始对他表露出几分亲近，但很快就恢复到之前的沉默——那是一种暗藏敌意的沉默。

丑陋青年掉入河后，像落汤鸡一样爬上对岸，固执地准备再跳一次，跃过那宽阔的河面。不，不仅是准备跳，他已缩脚跳起，轻巧地跃过明矾色的河面，落到河对岸时，摔了个脚底朝天，扬起云朵般的沙土。这场景严肃过度反显滑稽，让众人大笑，他们自然既没喝彩也没欢呼。

丑陋青年拍掉手脚上的沙土，吃力地欠起湿漉漉的身体，望着众人。但青年们似乎已厌倦跳河面，又开始尝试新的竞技方式，他们开心地奔往上游。尽管如此，丑陋青年并未失去快乐。或者说，他不可能失去快乐。

为何这么说，因为他不知道众人为何不快。从这点来看，他实际上很单纯，但这种单纯是所有强者的特有烙印。因此，看到众人走向上游时，他拖着滴水的身体，挡着春日艳阳，缓缓走在沙上。

这时，其他青年们开始玩起新游戏——举起散落在河滩上的岩石。烈日下，岩石散落四处，大的像巨牛，小的像羊羔。众人撸起袖子，竭尽所能举起巨石。除了五六个臂力过人的精壮青年，其他人只能举起普通大小的石头，最后自然变成这五六个精壮青年的角逐。只见这几人轻轻松松举起巨石，奋力抛出。特别是那位身着红白三角纹倭衣、络腮胡须、个子矮小、脖子粗壮的青年，他随意把玩着谁都无法举起的巨石。围观众人见此，毫不吝啬地赞赏他的非凡力量。似乎是为了回报众人的称赞，他准备举起更大的石头。

正当这五六人的角逐进入白热化时，丑陋青年来了。

三

丑陋青年胸前抱臂，看了一会儿这五六人的力量角逐，便觉心里痒痒，也想展示自己的技艺。只见他挽起潮湿的衣袖，耸起宽阔的肩膀，如同熊出洞，慢吞吞走进人群。接着他抱起谁都奈何不了的巨石，轻松举过肩头。

但众人依然对他态度冷淡，只有刚才得到众人称赞的矮小青年感到遇上了棘手的竞争者，便羡慕地盯着他看。丑陋青年来回晃动肩上的巨石，突然跑向无人的对岸沙滩。接着，矮个青年如饿虎扑食般，飞身扑到巨石旁，一下子抱起巨石，毫不逊色地举过肩头。

事实已经力证，这两人臂力超人，远超同伙。于是刚才不自量力的青年们自觉惭愧，面面相觑，自觉退入旁观人群中。剩下这两人虽然从无冤仇，此刻已是骑虎难下，只能一决雌雄。众人目睹这架势，对矮个青年扔出巨石齐声喝彩，却一反常态盯着全身湿漉漉的丑陋青年。只是，他们关心的是胜败，而非对丑陋青年有好意，这从他们不怀好意的眼神中能很明显看出。

尽管如此，丑陋青年依然淡定地吐口唾沫在手上，走向比刚才的石头更大的岩石。只见他两手按着岩石调整呼吸，接着翻转双手，轻松将巨石举过肩头。但这次他并没有扔出，而是用目光示意矮个青年，友好地微笑着说："过来，你来接着。"

矮个青年站在数步远的地方，不时咬着胡须，嘲讽地看着丑陋青年，说道："好啊！"接着，大摇大摆走近丑陋青年，小山样的肩膀接过巨石，走出两三步后，举过眼高，用力抛向对方，扬起银粉样的沙土。

众人又如刚才一样欢呼，可声音未落，矮个青年又在河边抱起了更大的岩石。

四

两人就这么大战数回，渐渐地均面露疲惫，脸和手脚汗如雨下。不仅如此，两人的倭衣上满是沙土，已看不清花纹颜色。尽管如此，两人依然喘着粗气，拼命举起巨石，不到最后胜负，决不罢休。

看着两人越发疲惫、狠命较劲的场景，围观众人愈发兴致盎然。在这点上，众人与世间斗鸡斗狗一样残忍冷酷。他们不再对矮个青年有特别的好感，对胜负的好奇就像一张令人亢奋的巨网，已牢牢锁住他们的心。所以，众人轮番为两人加油。自古以来，无数鸡、犬、人流掉宝贵的鲜血，命中注定让所有物体为之狂热呐喊。

这样的声援显然对两位青年产生了效力，他们从对方充满血丝的眼中看到了令人恐怖的憎恶。特别是矮个青年尤其明显，不知是偶然还是什么，他投出的巨石居然滚到了丑陋青年的脚边，这让人很难解释。但丑陋青年也许太过关注眼前的胜败，对此毫不在意，反而无所谓。

丑陋青年躲开对方投来的巨石，最后鼓起勇气来到岸边，准备搬起那块巨牛般的石头。巨石斜着将水流分开，汩汩春水洗刷着石上的千年青苔。哪怕对高天原国第一的大力士——手力雄命来说，举起这巨石也并非易事。但丑陋青年两手抱着巨石，单膝跪在沙里，用尽浑身力气，将埋在沙中的巨石抱出。

如此超越常人的力量震惊了围观众人，他们目瞪口呆，竟忘了加油呐喊，只是屏住呼吸，目不转睛地看着丑陋青年跪在沙中抱着千钧巨石。丑陋青年稍停片刻，手脚汗如雨下，很明显已经用尽了力气。过了一会儿，方才沉默的众人异口同声发出欢呼声，但这已不是刚才不怀好意的呐喊，而是不由自主的喝彩。因为此时此刻，丑陋青年已经扛起巨石，慢慢挺起跪着的单膝。随着他起身，岩石一寸一分离开地面。当众人再次欢呼时，他已经把嶙峋巨石扛于肩头，额前头发凌乱，仿佛天地开裂诞生的土雷之神，威武挺拔矗立在满是乱石的河滩上。

五

丑陋青年扛着千钧巨石，在河滩上踉踉跄跄走了两三步，咬紧牙关，用几乎呻吟的声音喊对手："你来接着吧。"

矮个青年犹豫了。至少一瞬间，他从对方悲壮的身影中感到了威慑。但他依然涌起破釜沉舟的勇气，咬着牙说"好的！"接着奋然张开膀子，准备去接巨石。

巨石从丑陋青年肩头慢慢移向矮个青年肩头，好像冷酷无情的云峰正强势移动。矮个青年脸色憋红，咬紧狼牙利齿，准备用强壮的肩膀扛住慢慢压来的巨石。但当巨石完全压上来后，他的身体刹那间如同大风中的旗杆，摇摇欲坠。他脸上没有胡须的地方，眼看着变得惨白，发青的额上的汗水滴落在刺眼的沙滩上。接着，肩上的巨石和刚才方向相反，一分一寸压住了他。他两手死命撑着巨石，殊死拼搏想坚持到最后，但巨石犹如无法抗争的命运一样压了下来。他身体弯曲，头开始下垂。如今的他怎么看，都像巨石下垂死挣扎的螃蟹。

围观众人被这情景吓得不行，茫然看着悲剧发生。实际上，他们也没有办法把矮个青年从千钧巨石下救出来。不，就连那个丑陋青年都不一定能从矮个青年背上取回自己刚举起的巨石。因此，他丑陋的脸上交替闪现出恐怖和惊愕的表情，但只能茫然看着对方。

　　这时，矮个青年终于被肩上的巨石压得跪在沙滩上，同时发出无法表述的痛苦声，不知是叫声还是呻吟。丑陋青年听到这声音，仿佛噩梦初醒，突然上去准备把巨石推开，但手还没碰到石头，矮个青年已然倒地。随着矮个青年的骨头被岩石压碎，他口眼喷血，可怜这位年轻的大力士就这么一命呜呼。

　　丑陋青年茫然俯视着倒在烈日下的对手尸体，抬起痛苦的眼睛，环视着周围正抖抖索索围观的青年们，似乎在寻求无言的回应。但青年们呆呆站在烈日下，漠然垂眼，没有一人抬眼看他的丑陋面庞。

六

　　高天原的青年们无法再对这个相貌丑陋的青年佯装

冷淡。一些人开始露骨地嫉妒他的非凡臂力，一些人舔狗样盲目崇拜他，一些人冷酷地嘲笑他的野性和愚笨，剩下几人则是由衷地信服。但不管出于何等立场，不可否认的是，大家在他身上开始感到威胁。

丑陋青年自然能看到众人的态度变化，但为他惨死的矮个青年的记忆却一直留在心底，刺痛心灵。旁人是好意也好，反感也罢，他永远记得那段记忆。特别在与崇拜自己的青年接触时，丑陋青年常感到少女般的羞涩，这吸引了更多充满好意的目光，同时也更为招致敌人的反感。

丑陋青年尽量避开众人，大部分时间都在环绕部落的山中独自度过。大自然特别善待他，森林中树木发芽，为孤独痛苦的他送来久违的斑鸠叫声。春日暖云若隐若现映于湖畔水面，芦苇嫩芽萌生，安抚他的孤独内心。灌木丛中点缀着金雀花，山白竹中飞出雉鸡，还有搅乱山谷幽深水光的香鱼——丑陋青年所往之处都能赐予他安静与平和，那是众人都无法给予的。那里没有爱憎，所有生物平等共享幸福，沐浴阳光，拥抱微风。但是——但是他毕竟是人类啊。

丑陋青年一会儿在山石上望着飞梭水面的岩燕，一会儿在山谷辛夷下听着牛虻采蜜拍翅声。这时，一种难以表达的寂寞突然袭上心头。他不知道这种感觉从何而来，但这与几年前母亲去世时的悲伤类似。不管去哪儿都无法找到母亲，这种落寞感迟早会压垮他。这时的寂寞自然比不上失去母亲的悲痛，但他还有比思念母亲更重要的心愿。所以，他只能如鸟兽般漂泊山间，既感到幸福也感到莫名的不幸。

丑陋青年困扰于这种孤独，时常爬到山腰高耸的柏树枝上，呆呆遥望着山脚景色。他的部落靠近天安河边，就像围棋一样点缀在山脚，茅屋顶整齐排列，还能看到屋顶上飘起的袅袅炊烟。他骑在粗大的柏树枝上，久久吹着部落上空飘来的风。风晃动柏树枝，不时吹来嫩芽的芳香。但在他耳里，风声就如喃喃细语。

"素戈呜，你在找什么？你要找的，不在这山里，也不在那部落里。跟我走吧，来吧，你在纠结什么？素戈呜……"

七

但素戈呜不想随风漂泊，那孤独的他为何牵挂着高天原国呢？每当问自己时，他必然害羞红脸。因为他爱慕的姑娘在这里，还因为他觉得自己这等野人配不上姑娘。

初次遇到姑娘，是他独自爬在山腰柏树枝头的时候。那天，他茫然望着山下的天安河泛着白光蜿蜒。这时，柏树下意外响起了女孩们爽朗的笑声。这声音犹如冰上碎玉，打破了他寂寞的白日梦。他正为美梦被搅而生气，看向树下林间地。只见三位女子正沐浴在明媚阳光中，似乎没看到他，频频笑着。

她们挽着竹篮，或是摘花，或是采芽，或是挖当归。素戈鸣并不认识她们，但从她们肩上的美丽披巾便能看出皆非卑贱女子。姑娘们在嫩草地上追赶着急于逃跑的斑鸠，披巾在微风中飘拂。斑鸠溜出姑娘们手间，拼命拍着受伤的翅膀，却怎么都飞不过三尺高。

素戈鸣在高高的柏树上俯视了一会儿。这时，一位姑娘扔掉臂弯上的竹篮，差一点抓住了斑鸠。斑鸠扑腾了一阵，柔软的羽毛像雪一样四处飞扬。他见此情景，便抓着粗枝丫吊在空中，猛地跳了下来，却扭了脚，仰面摔倒在姑娘们中间，让她们目瞪口呆。

姑娘们瞬间哑口无言，面面相觑，接着不约而同开怀大笑。素戈呜马上跳起来，觉得很羞涩，又故意显出高傲的样子，环视着姑娘们。斑鸠趁机拖着翅膀，逃到长着嫩芽的丛林深处。

"你刚才在哪里啊？"

一个姑娘好不容易止住笑，语气里带着轻蔑又有一丝忍不住的笑意，盯着他看。

"我在那边，柏树枝上。"

素戈呜胸前抱臂，依然高傲地回答。

八

姑娘们听到他的回答，又相视而笑。这让素戈呜既生气又有一丝开心。他绷着丑陋的脸庞，仿佛故意吓唬她们，恼怒地说道：

"这有什么好笑的？"

但他的威吓完全不起作用，姑娘们又开怀大笑起来。好久以后，另一个姑娘略显害羞地抚弄着漂亮的披巾，转向他问道：

"那你怎么又从那里下来了呢？"

"因为我想救那只斑鸠。"

"我们也想救斑鸠啊。"

第三个姑娘笑着插话说道。她年约豆蔻,和其他两个姑娘相比,脸蛋最漂亮,身材也好,活力四射。刚才扔掉竹篮子,差点抓住斑鸠的肯定就是这个机灵的姑娘。他与姑娘眼神交汇,不知为何却显得狼狈,但又不想在姑娘们面前表现出慌张。

"你撒谎!"

他粗野地使劲回答,但他心里最清楚,她们并没有骗人。

"哎呀,我们怎么会骗你啊。我们真的是准备救它啊。"

姑娘连忙辩解。这时,另外两个姑娘觉得素戈鸣发脾气好笑,开始小鸟一样说起来。

"真的哦。"

"为什么说我们撒谎呢?"

"不是只有你一人保护斑鸠。"

素戈鸣一时忘了回答,好像被破坏了蜂巢的蜜蜂一样,姑娘们的声音从四面八方涌来刺入耳膜,让他难以应对。过了一会儿,他再次鼓起勇气,松开胸前交叉的双臂,摆出一副撂倒她们的气势,雷鸣般吼道:

"啰唆！你们既然不是骗人，就滚一边去，不然我就——"

姑娘们似乎吓到了，慌忙躲到旁边。但她们又笑着摘下脚边盛开的鸡肠花，一起向他扔去。淡紫色的花朵杂乱地落在素戈鸣身上。沐浴在花香中，素戈鸣却呆呆站着，突然想起刚才冲姑娘们吼叫的事，便向恶作剧的姑娘们追出两三步。

几分钟后，翅膀受伤的斑鸠怯怯地跑来。躺在草地上的素戈鸣已经发出安静的呼声。他平躺的脸庞上有树梢落下的日光，还残留着一丝微笑。斑鸠踏着鸡肠花来，看着他的睡颜，歪着头，好像在思考这微笑的含义……

九

那日后，素戈鸣心里时不时清晰浮现出那位快乐姑娘的身影。和之前介绍的那样，他自己羞于承认这个事实，更不用说伙伴们了，更是一句话都不会和他们提。实际上，伙伴们想搞清他的秘密也不容易，因为他过着离恋爱相当遥远的野蛮生活。

素戈鸣依然避开人群，亲近山间大自然。有时候他会整夜穿梭在森林深处冒险，遇到并杀死过大熊和野猪。有时候他还越过春风吹不到的高峰，射杀在岩峰里休息的老鹰。截至目前，他还没有遇到拥有非凡神力的强劲对手。甚至住在山那边的洞穴里，当彪悍的侏儒族碰到他时，也必然一个个送命。他拿着尸体手里抢来的武器，矛头上挂着鸟兽，以胜利姿态回到部落。

不久，他的骁勇之名导致部落中树敌更多。这些敌人只要找到机会，就会公然与之争斗，毫不顾忌。素戈鸣自然不想让争斗发生，但敌人们只顾自己，不会顾及他的想法，几乎所有事都有摩擦。这里面还有某种命中注定的力量，虽然素戈鸣对敌人反目不快，却不由被卷入其中……

曾经有过这样的事。

一个明媚的春日黄昏，素戈鸣夹着弓箭独自走下部落后面的草坡，心里惦记着刚才没射中的雄鹿，觉得可惜。当他来到嫩叶茂盛的榆树底下，俯视着夕阳中的部落屋顶时，看到四五个青年正和一个青年争论着什么。这些人周围是吃草的家畜，很明显是来这座草坡放牛马的。特别是那单挑数人的青年，无疑是奴仆样侍奉他却让他反感的人。

看到他们的身影,素戈鸣立马有种不好的预感,觉得有事要发生。但已经来了这里,就没法视若无睹。于是,他先问那个自己眼熟的放牛郎:

"你们怎么了?"

放牛郎看着他的脸,仿佛看到了救星,十分开心,眼里放光,滔滔不绝地迅速数落着对方的罪过,说他们嫉妒憎恨自己,伤害虐待自己的牛马。放牛郎不平地控诉,还时不时瞟几眼对方,借着素戈鸣的神勇,傲慢地说道:

"不许逃。因为你们很快会有报应。"

﹂ ✚ ﹁

素戈鸣听着他的不平,一个耳朵进一个耳朵出,正准备面向对手们,用与野蛮的他不符的方式去调停。那放牛郎十分委屈,已无法控制情绪,突然扑向跟前的青年,使劲扇了对方耳光。被打的青年退了几步,立刻反攻过来。

"住手，喂，我让你们别打了！"

素戈鸣怒斥，想强行分开两人。但被打青年被揪住胳膊后，眼睛充血通红，向他扑来。同时，崇拜素戈鸣的放牛郎拿出腰上皮鞭，疯了一样跳入对方人群中。对方自然不会任他宰割，马上分成两组，一组以侵犯者——放牛郎为目标，另一组挥拳扑向因意外情况阵脚大乱的素戈鸣。事已至此，素戈鸣除了加入争斗，别无选择。当对手拳头落在他头上时，更是怒火中烧，忘记了理智为何物。

他们霎时间一片混乱，扭打在一起。旁边吃草的牛马也被这骚动惊动了，四处逃窜。他们的主人却沉浸在挥拳中，无人关注家畜跑去哪儿了。

与素戈鸣对战的青年不是折了手便是扭了脚，渐渐动摇。最后，在一团混乱中，他们不再恋战，沿着草坡慌忙逃走。

素戈鸣赶走对手，又让崇拜自己的放牛郎不要恋战。

"不要闹，不要闹。想逃跑就让他们跑吧。"

他终于松开了放牛郎。放牛郎一屁股坐在草地上，脸又青又肿，看来被打了不少拳。素戈鸣看着他的额脸，生气的同时又突然感到几分可笑。

"怎么了？受伤了吗？"

"没啥，就是受伤也没啥。今天给他们点厉害看看。——话说你怎么样？受伤了吗？"

"嗯，只是被打出个肿包。"

素戈鸣一肚子火，却只说了这一句，便坐在榆树下。夕阳照着山腰，他眼前浮现出通红的部落屋顶。看着这景色，素戈鸣感到不可思议的安详与宁静，刚才的格斗恍如梦境。

两人坐在草地上，暂时沉默，望着黄昏中宁静的部落。

"怎么样？肿包还疼吗？"

"不是那么疼了。"

"据说嚼点米放上去会好一些。"

"是吗？这倒可以。"

十一

和这次格斗一样，素戈鸣慢慢将一群青年变为对手。从数量上来说，基本上占了这个部落青年的三分之二多。

正如将自己尊为首领的青年们一样,对方也尊"思兼尊"和"手力雄尊"等长辈,但那些长辈对他并无敌意。

特别是思兼尊等人反而看好他的野蛮性格。草坡格斗两三天后的下午,素戈鸣照常一人去山中古沼钓鱼,偶遇了同样独自前来的思兼尊,便一起坐在朽木上,两人出乎意料并无隔阂,促膝长谈世间之事。

思兼尊上了年纪,头发胡须都已花白,乃部落第一学者,也是部落第一诗人。部落中很多女子都尊他为非凡巫师。因为思兼尊有空时,踏遍群山,寻遍草药。

素戈鸣自然没有理由讨厌思兼尊,垂下鱼线后便开心地与之聊了起来。两人在古沼边柳枝飞絮下,久久畅聊。

"最近你的本领名声躁动啊。"

思兼尊过了一会儿说道,脸上浮现微笑。

"只有名声躁动而已。"

"就这样也可以啊。所有一切都是先有名声,再有价值的。"

素戈鸣完全不理解这个回答。

"是吗?没有名声,我再怎么有本事也……"

"那么连本事也没用了。"

"但是金子总会发光,哪怕没人发觉。"

"但如果没有人挖掘,怎晓得它是金子呢?"

"如果把沙子当成金子挖掘的话——"

"那区区沙子就是金子了嘛。"

素戈鸣觉得思兼尊在戏弄自己,但看看对方,只觉得满是皱纹的眼角只有微笑,完全没有恶意。

"我觉得即使成为金子,也没啥意思了。"

"当然没意思了。如果想得太多,那才是错的。"

思兼尊说完,一脸若无其事,拿着不知从哪儿摘来的蜂斗花梗,凝神闻着花香。

十二

素戈鸣沉默了一会儿。接着思兼尊又开始聊他非凡的臂力。

"你不是曾经和人比力气,举起石头,后来死了人吗?"

"那人很倒霉。"

素戈鸣感到自己被责骂了,不由看向淡淡阳光照射下的古沼。古沼水看着很深,水面朦胧映出周围发芽的春树影子。但思兼尊却毫不在意，时不时闻着蜂斗花梗。

"是可怜，但也很愚蠢。要我说，第一，比赛这事就不妥；第二，无法取胜的比赛更不值得；第三，舍弃性命比赛更是愚蠢至极。"

"但我老觉得内疚。"

"又不是你杀了他。是其他起哄的青年们害的。"

"但那些人反而恨我。"

"那肯定啊，反过来，如果你死了，你的对手赢了，那些人也会恨你的对手。"

"世间之事就是如此吗？"

那时，思兼尊却没回答，提醒他："鱼上钩了。"

素戈鸣马上拉起鱼线。线端有一条山女鱼，活蹦乱跳，银光闪动。

"鱼比人更幸福啊。"

思兼尊看着素戈鸣将竹枝穿过山女鱼鱼鳃，又嘿嘿说着他根本听不懂的道理。

"人类害怕鱼钩，但鱼儿却果断咬钩，欣然死去。我羡慕鱼儿。"

他沉默着再一次把鱼线抛下古沼。不久困惑地看着思兼尊，说道：

"您说的话我总是不明白。"

思兼尊听了他的话，意外地严肃起来，摸着下巴上的白胡须说：

"不明白更好啊。不然，你会和我一样，什么事都干不了。"

"为什么呢？"

他忍不住又问原因。事实上，思兼尊的话既严肃也不严肃，像蜜糖又像毒药，隐藏着不可思议的吸引人的东西。

"只有鱼儿才会咬钩。可我年轻时……"

思兼尊满是皱纹的脸上瞬间闪过孤寂。

"但我年轻时也有很多梦想。"

后来两人各怀心事，久久静望着倒映着春日树木的古沼。翠鸟时不时掠过水面，好像打水漂一样。

十三

最近，那个快乐姑娘的身影一直霸占着素戈鸣的心。特别是部落内外，和她偶遇时，就和柏树下初次见面时一样，素戈鸣总感到莫名的脸热心跳。但姑娘看都不看他，好像从来不认识他一样，也没有点头打过招呼……

有一天早上，素戈呜去山里途中，正好经过部落边的井，看到那个姑娘和三四个女子一起正向瓦罐里面舀水。井上稀稀拉拉开着白色的山茶花，阳光透过花叶，水花不停涌出，描绘出一道淡淡的彩虹。

姑娘弯腰从长满青苔的井中舀水放入瓦罐。别的女子已经装完水，头顶瓦罐，走在春燕穿梭的回家路上。但当素戈呜来到这里时，姑娘已经优雅地挺直腰肢，提着满满的瓦罐水看了他一眼，嘴角浮起令人怀念的微笑。

素戈呜和平日一样，稍稍点头示意。姑娘头顶瓦罐，眼神回瞥，追着女伴们，走上春燕穿梭的归路。素戈呜走到姑娘打水的井边，大掌捧水喝了两三口，润了下嗓。这时他想起姑娘的目光和唇边的微笑，不知是开心还是羞涩，脸又红了，又忍不住嘲笑自己。

这时，姑娘们的披巾迎风飘扬，头顶瓦罐，迎着明媚朝阳慢慢远去，不久又传来阵阵欢声笑语。有人不时边走边回头看，用嘲讽的目光讥笑素戈呜。

素戈呜喝着井水，并没有烦恼于这目光。但听到姑娘们的笑声，他觉得莫名尴尬，本来水已经喝够，又多喝了一捧水。这时，井中水面意外地浮现出一个人影。

素戈鸣慌忙抬眼，只见一个拿着鞭子的青年正走向对面的白色山茶树，也在望着他。那人就是前段时间在草坡格斗时把他卷进冲突的那个放牛郎。

"早上好。"

放牛郎讨好地笑着，恭恭敬敬和素戈鸣打招呼。

"早！"他想到连这个放牛郎都可能看到自己狼狈的模样，不由脸色阴沉。

十四

但放牛郎若无其事地摘着井上垂下枝丫的白色山茶花，说道：

"你的肿包好了吗？"

"嗯，早就好了。"

他认真回答。

"涂过嚼过的生米了吗？"

"涂了，你的法子挺管用的。"

放牛郎把摘下的山茶花抛入井中，突然嘿嘿笑着说：

"那我再教你个好办法。"

"什么好办法?"

他不解地问道。放牛郎意味深长地笑着说:

"把你脖子上的勾玉给我一块。"

"给你勾玉?你如果想要,可以给你。但你要这干什么呢?"

"行了,别问了。我不会干坏事的。"

"那不行,你不说,我就不给你勾玉。"

素戈鸣开始着急,硬生生拒绝了放牛郎。于是放牛郎狡猾地瞥了他一下说:

"那我告诉你。你是不是喜欢刚才打水的十五六岁的那位姑娘?"

素戈鸣苦脸望着对方眉间,内心无比狼狈。

"你不喜欢她吗?她是思兼尊的外甥女。"

"是吗?是思兼尊的外甥女?"

素戈鸣的声音都变了。放牛郎看到他这副模样,高唱凯歌一样笑了。

"你看看,你越掩盖越会暴露。"

素戈鸣再次沉默了,盯着脚边的石头。石缝间溪水流过,稀稀拉拉长着羊齿叶芽。

"所以,你就给我一块勾玉。只要你喜欢,就肯定有办法。"

放牛郎把玩着鞭子,追着素戈呜说道。素戈呜清楚地记起,两三天前自己和思兼尊在古沼旁的那些柳絮。如果那姑娘是思兼尊的外甥女——他抬起头不再看脚边石头,依然板着脸问道:

"你要勾玉怎么样?"

但他的眼中却涌动着从未有过的希望。

十五

放牛郎的回答很随意:

"我就把勾玉交给那个姑娘,把你的心意传达给她。"

素戈呜犹豫片刻。放牛郎的油嘴滑舌让他不快,但他又没有勇气向姑娘表白。放牛郎看着他丑陋脸上的犹豫神情,故意冷淡地说:

"你不喜欢那就没办法了。"

两人沉默片刻。不久后,素戈呜从颈上勾玉中取下美丽的琅玕玉,默默交给对方。那是母亲的遗物,他视若珍宝。

放牛郎贪婪地看着那块玉,说道:

"这玉真漂亮。这么好的琅玕玉可不多。"

"这并非这个国家的玉,是大海对岸的工匠花了七天七夜打磨的美玉。"

素戈鸣气哼哼说完,就扭头大步离开井边。放牛郎手托勾玉,慌忙追来。

"等一下,两三天内,我一定给你回复。"

"嗯,不急。"

两人身着倭衣,在春燕如梭中,并肩走向山里。放牛郎方才抛出的山茶花还在身后的井中漂浮旋转。

那天傍晚,放牛郎照常坐在草坡榆树下,看着掌心素戈鸣的勾玉,思索着如何接近姑娘。这时,一个青年翩然而至,腰中配着一支斑竹笛。他是部落里人人皆知的美男子,又高又壮,有最美的勾玉和手镯。

"喂,说你呢。"他经过那里时,好像想到了什么,突然止步,和榆树下的放牛郎打招呼。

放牛郎连忙抬头,但当他发现这是自己崇拜的素戈鸣的对手之一,便不开心地问道:

"你有什么事?"

"那块玉给我看看呗。"

放牛郎哭丧着脸,把琅玕玉递给了他。

"这是你的玉吗?"

"不,这是素戈鸣的玉。"

这回轮到美男子哭丧着脸了。

"素戈鸣那家伙老是傲慢地戴着它。除了这块玉以外,他的其他玉都和石块差不多。"

美男子挖苦着,手里摆弄着美玉。接着,他痛快地坐在榆树下,大胆开口:

"你看怎么样?我们可以商量商量。你合计合计,把这玉卖给我吧。"

十六

放牛郎没拒绝,却鼓起脸颊沉默。于是美男子瞥了他几眼:

"我会感谢你的。你要刀我就给你刀。你要玉我就给你玉——"

"不行,这玉是素戈鸣托我交给别人的。"

"交给别人?不会是女人吧?"

对方好奇地问道，声音立刻正经起来。

"男的女的有什么关系？"

放牛郎感到自己多嘴了，烦躁地说道。

但美男子并未生气，反而露出亲切笑容，让人恶心：

"没关系啊。虽然没关系，毕竟是让你转交的，那不就看你呗。换成别的玉不也可以？"

放牛郎再次沉默，盯着草地，不看美男子。

"这事肯定有些麻烦。但就是麻烦些，你就可以拿到刀、玉、盔甲，甚至一匹骏马——"

"可是万一对方不要呢，我必须把这玉退给素戈呜啊。"

"如果对方不要？"

美男子皱了皱眉，很快又恢复亲切语气：

"如果对方是女性，她是不会接受素戈呜这块玉的。何况琅玕玉并不适合年轻姑娘，还不如送华丽美玉呢，反而更容易被接受。"

放牛郎开始觉得美男子所言有几分道理。实际上，不管这玉多高贵，部落的年轻姑娘会不会喜欢，现在还不知道。

"再说了——"

美男子舔了舔嘴唇，更加理所应当地继续说道：

"再说哪怕不是这块玉，只要对方接受，总好过原样退回吧，能让素戈呜更高兴吧。所以，换一块玉反而是为了素戈呜好。对他好，你也能得到刀、骏马，这样大家都没意见。"

放牛郎心中清晰浮现出双刃剑、水晶勾玉、健壮骏马。他好像躲避诱惑一样，不由闭眼，猛烈摇了两三次头。但眼一睁开，依然是美男子俊美的笑脸。

"怎么样？还不够？不够的话，直接去我家。刀、盔甲总有适合你的，我家马厩里还有五六匹马。"

美男子油嘴滑舌，在榆树下轻松站起。放牛郎依然犹豫，默默陷于沉思中。但当美男子离开时，放牛郎迈着沉重的步伐，跟了上去。

当两人身影完全消失在草坡下时，另一个青年也在缓缓下山。夕阳余晖已经淡去，周围云霭渺渺，但依然能分辨那青年就是素戈呜。

素戈呜肩上扛着今天射到的两三只山鸟，来到榆树下悠然休息，俯瞰苍茫暮色中静静躺着的部落屋顶，唇边泛起一抹幸福的微笑。

一无所知的素戈呜心中念着那姑娘的倩影。

十七

素戈鸣每日都在等待放牛郎的回音,但放牛郎消息迟缓。不仅如此,不知是故意还是偶然,他后来几乎不和素戈鸣见面。素戈鸣琢磨着,可能是计划失败了,放牛郎不好意思告诉自己。但又反过来想,有可能还没机会接近那姑娘。

一天早上,素戈鸣在井边又一次碰到那姑娘。她照常头顶瓦罐,和四五个部落女子一起,正准备离开白山茶树。姑娘看到他时,突然歪了歪嘴,水汪汪的眼睛里飘过一丝轻蔑,率先从他身旁昂然走过。素戈鸣和往常一样面红耳赤,这一天都感到无法表达的不快感。

"我真是傻。那姑娘下辈子都不会嫁给我。"他心中万分绝望,无法自拔。但放牛郎没有带来拒绝的消息,这让善良的他还抱着一丝希望。后来他把所有希望都寄托在这未知的答案上,为了不再痛苦,暗下决心暂时不去井边。

但有一天傍晚,素戈鸣走在天安河畔时,正好碰到放牛郎在洗马。放牛郎明显对两人相遇这事感到不舒服。素戈鸣也觉得难以启齿,一时站在落日下朦胧的河边艾蒿中，看着湿漉漉的黑得发亮的骏马，但这种沉默让他慢慢不爽。不管怎么样，素戈鸣先开口打破沉默，指着眼前的黑马问道：

"这马不错，是谁的？"

让人意外的是，放牛郎抬起得意的眼神，回答：

"是我的。"

"是吗？那真的是——"

素戈鸣咽下夸赞的话，再次沉默。但那放牛郎也不能一直装傻，犹豫着说道：

"之前我拿了你的玉——"

"嗯，你交给她了吗？"

素戈鸣的眼神如孩子般单纯。放牛郎与他眼神交汇，便慌忙避开，故意骂马乱动。

"嗯，我交了。"

"是吗？那我就放心了。"

"但是……"

"但是什么？"

"她说无法立刻回复。"

"没关系，不急。"

素戈鸣高声回答，后来好像忘了这事一样，沿着夕阳下的春日河滩，走回刚才来的方向。他心中涌动着从未有过的幸福感。河滩艾草、天空和空中鸣叫的云雀，好像都在向他欢笑。他抬头走着，时不时和晚霞中的云雀说话：

"喂，云雀，你羡慕我吗？不羡慕？撒谎，那你为什么鸣叫？云雀。喂，云雀。你不回答我吗？云雀……"

十八

这以后的五六天，素戈鸣都过着幸福的日子。但那时部落里开始流传一首作者不明的新歌，讲的是丑陋的山鸦爱上美丽的白天鹅，让所有飞鸟嘲笑。他听到这首歌，感到照耀着自己的幸福太阳蒙上了一层乌云。

虽然他感到不安，但还沉浸在幸福的梦里。他相信，美丽天鹅总会接受丑陋山鸦的爱恋。所有飞鸟都不会嘲笑他的愚蠢，反而羡慕或嫉妒他，他坚定自己的想法。

因此当素戈鸣再遇放牛郎时，只是想得到同样的答案，平淡地问：

"那个勾玉你确实给她了吗？"

放牛郎依然尴尬搪塞。

"是的，我真的交了，但还没得到回复……"即使这样，素戈鸣也很满意，不再深入询问。

三四天后的一天夜里，他准备去山里掏鸟窝。月明星稀，他独自徘徊在部落大道上。这时候，有人吹着笛子，从薄雾中悠然走来。野蛮的他从小对歌和音乐之类不感兴趣。但在灌木花香四溢的春日月夜，听着笛声越来越近，对他来说别有一番风味。

一会儿他和那个男人面对面越走越近。男子走到他眼前时依然吹着笛子没有停歇。素戈鸣给男子让路，在月下看着对方。英俊脸庞、绚丽勾玉、嘴边的斑竹笛，这无疑是个高个风流美男子。素戈鸣自然知道，这美男子轻蔑野蛮的自己，又是自己的对手之一，本想着不理会他，但两人擦肩而过时，对方身体吸引了他。只见对方胸上挂着一块美玉，那正是自己母亲的遗物——琅玕玉。没有乌云遮挡的明朗月光下，这玉正放出水润的光芒。

"等下！"

他突然伸出手腕，紧紧抓住对方衣领。

"你想干吗？"

美男子不由晃了一下，用尽力气想挣脱。但素戈鸣的手劲很大，怎么都无法挣脱。

十九

"你从哪里得的这块玉?"

素戈鸣掐住对方脖子,咬牙质问。

"放开我。你在干吗?快放开我。"

"你不说我不放。"

"你要是不放我……"

美男子被揪住衣襟,抄起斑竹笛向他打去。素戈鸣并未松手,扭动另一只手,轻松抢下笛子。

"快说,要不然我掐死你!"

实际上,素戈鸣心中已经怒火狂烧。

"这个勾玉——是我——用马换来的。"

"胡说,这是我给——"

不知为何,素戈鸣的舌头僵硬,没说出"那个姑娘"来,喷出的热气冲到了对方苍白的脸上,他又一次咆哮:"你胡说!"

"你还不放开吗?你小子——啊,我要被掐死了。你明明说放开的,你才胡说!"

"你有没有证据?证据呢?"

美男子拼死抵抗，咬牙透露道：

"你去问那家伙好了。"

就连暴怒的素戈鸣也当然明白，"那家伙"就是放牛郎。

"好！我现在就去问！"

素戈鸣下定决心后，马上拉着美男子，向不远处放牛郎一个人住的小房子走去。路上，美男子拼命挣扎，想挣脱素戈鸣的手，但那手就像铁钳一样，死死抓着他的脖子，怎么打怎么敲都不松开。

空中依然挂着春月，路上依然弥漫着灌木花甜甜的花香，但素戈鸣心中已是狂风骤雨，愤怒和嫉妒的闪电不停闪动，撕开了疑惑的云团。是姑娘骗了自己？还是放牛郎骗了自己？还是手里这家伙狡猾玩弄手段，从姑娘手里骗得了勾玉？

他拖着美男子，最终来到小屋前。定睛一看，幸而主人还没睡，苇帘下露出一点微光，是屋里一点灯光，与房前月光融合在一起。美男子被揪住了衣襟，正好来到屋门口时，开始努力做最后的挣扎，正以为成功之时，突然一阵风迎面扑来，他整个身体飘在空中。周围突然漆黑，只有烟火般的东西四处迸溅。到了门口，他就像条小狗，被倒着随意扔进月光照不到的屋里面。

二十

放牛郎正在家里油灯下做草鞋，听到门口人声，赶紧停手，仔细聆听。突然屋檐下的帘子剧烈晃动，一个青年仰面摔倒在杂乱的稻草里。

放牛郎吓破了胆，呆呆地盘腿坐着，不由狼狈地望着被搞飞了半边的帘子外面。灯光下，素戈呜满脸怒火，小山一样堵住了门口。放牛郎看到他的身影，吓得面如土色，眼睛灰溜溜地游离在狭窄屋里。

素戈呜粗野地靠近放牛郎，盯着他的脸，恶狠狠地问道：

"喂，你和我说过，把勾玉给姑娘了吧？"

放牛郎没有回答。

"那这男人脖子上挂着的这块玉，到底怎么回事？"

素戈呜燃烧的眼神看向美男子。他依然躺在稻草中，不知是晕倒了还是假死，紧闭双眼。

"你说转交了，是骗我的吧？"

"不，没有。是真的，真的！"放牛郎开始拼命解释。

"千真万确，但是我转交的不是琅玕玉，而是珊瑚——是珊瑚管玉……"

"为什么要这么做？"

素戈鸣声如巨雷，一字一句敲碎放牛郎慌乱的心。他终于一五一十地讲出整个事情的经过：美男子劝他把琅玕玉调包成珊瑚玉，将黑马作为酬谢。听完后，素戈鸣心中想哭想叫，痛苦的羞愤像旋风扑面袭来。

"你不是转交了玉吗？"

"我是交了，但是……"

"我交了——但那个姑娘——那等姑娘——白天鹅怎么能和乌鸦一起——说了这样的话，话很刺耳——她说不接受——"

放牛郎还没全部说完，便仰面朝天被踢倒在地。接着大拳头不停地砸向他的头。此刻，灯盏掉下，地上杂乱的稻草立刻熊熊燃烧。放牛郎腿毛被火烧了，一声惨叫跳了起来，拼命撅着爬到后屋逃走。

素戈鸣满腔怒火，就像受伤的野猪样发狂，猛然从后面扑了过去。不，正准备扑上去时，躺在脚边的美男子起身疯狂地拔剑，在火海中单膝跪着，突然砍向他的腿。

二十一

看到剑光，素戈鸣心中长眠的血性突然苏醒。他马上缩脚避开对手武器，一下子拔出腰间利剑，发出牛一样的吼声，接连不断砍向对手。两人剑声激烈，在浓烟中打出耀眼的火花。

美男子自然不是素戈鸣的对手。素戈鸣大幅挥舞利剑，每一剑都置对手于死地。数个回合后，他便差点割下对方人头。这时，不知何处飞来一个瓦罐，直接砸向他的头。幸好砸歪了，落到他脚边，一下子粉碎。素戈鸣舞剑继续战斗，瞪大眼睛连忙环视屋内，看到屋后帘子前站着刚才逃跑的放牛郎。只见放牛郎眼睛充血，为了救美男子，正准备抱起大木桶。

素戈鸣再次发出牛般吼声，在放牛郎还没扔出木桶前，用尽全身力气在剑上，砍向对方脑门。但这时，大木桶已经跃过火海，砸在他头上。他顿时眼花缭乱，脚步打乱，好像风中摇晃的旗杆。美男子趁乱奋然跃起，掀开燃烧的帘子，一手提剑，忽的一下跑入宁静的春日夜色中。

素戈呜咬紧牙关，终于稳住脚步。但睁开眼时，满是烟火的屋内已经空无一人。

"跑了吗？什么，你想跑就能跑？"

他头发和衣服都着火了，依然掀开门口帘子，踉踉跄跄走出屋外。月光照耀着街道，加上屋顶燃烧的火，街上就如白昼般明亮。部落的家家户户出来好多人，站在明亮的街上。除此以外，众人看到手持利剑的素戈呜出来，便一阵躁动，越喊越响。在一片喧闹中，素戈呜呆呆站着不动，心中已经动了杀气，越来越混乱，越来越疯癫。

街上人眼看着越来越多，同时嘈杂的喊声中，不知何时带上了令人厌恶的气息。

"杀死纵火犯！"

"杀死强盗！"

"杀死素戈呜！"

二十二

这时，部落后面的草坡榆树下，一位长胡子老人正望着空中明月，悠然坐下。春夜鸡鸣，灌木花香，万物笼罩在一片柔和的薄雾中，只有猫头鹰的叫声犹如山的叹息，让漫天稀疏的星光时不时带上阴云。

这时候，眼皮下的部落出乎意料地升起了笔直的浓烟，飘散在无风的天空。老人看到浓烟中包裹着火花，却依然抱膝，悠然哼歌，没有一丝恐慌。不久后，部落中传来声音，好像蜂窝被捅了一样，而且声音越来越嘈杂，最后似乎变成了激战呐喊。老人感到意外，皱着白眉，慢慢站起，双手放在耳边，认真倾听部落里的嘈杂。

"情况不妙啊，还有刀剑的声音。"

老人自言自语，一时出神，看着浓烟直上云霄，火星四溅。

一会儿逃来七八个部落的男女，他们喘着粗气爬上草坡。有不到十岁、散着头发的儿童，有梦里被惊醒、衣服凌乱、露出皮肤的姑娘，还有佝偻着背、腿脚不便的老太。

他们来到草坡上，好像商量过似的一齐停下，扭头俯瞰着烧焦月空的部落。不久一人看到榆树下站着的老人，立刻焦虑地靠近他。这群老弱病残一边哀叹，一边齐喊"思兼尊、思兼尊"。同时，一个夜色下露着胸口的美丽姑娘喊着"舅舅"，像小鸟一样轻盈地转身走向老人。

"那动静是怎么回事？"

思兼尊还在皱眉，一手抱着靠近的姑娘，问着大家。

"素戈呜不知怎么了，突然发疯闹事了！"

姑娘并未回答，而人群中眼鼻看不清的老婆子答道。

"什么？素戈呜闹事？"

"是的，后来好多青年想把他捆起来。但支持他的人却不同意，最后变成了多年不见的大骚乱。"

思兼尊深沉地看着部落上空的烟雾，又看着靠在胸口的姑娘。月光下，姑娘头发凌乱，脸色苍白得透明。

"玩火要小心，不仅是素戈呜，所有玩火的都要小心。"

思兼尊满是皱纹的脸苦笑着，看着依旧在扩散的火苗，摸着沉默并颤抖的外甥女的头发。

二十三

部落的争斗一直持续到第二天早上。素戈呜寡不敌众，最后连同自己的支持者被对手活捉。平日里憎恨他的青年们把他捆得像个球一样，野蛮地施以各种凌辱。每次被打被踢，素戈呜就在地上打滚，发出牛一样的怒吼声。

部落的老老少少准备以骚动罪，按照规定处死他。但思兼尊和手力雄尊两位实权家并未轻易认同。手力雄尊虽然憎恨素戈鸣的罪过，但爱惜他的非凡本事。同时，思兼尊也不想处死素戈鸣这样的青年，不仅不想杀他，思兼尊对所有杀人之事都极度厌恶。

部落的老老少少为了给素戈鸣定罪，整整讨论了三天。但两位长辈始终没更改意见。最后只能免于死罪，将素戈鸣流放。但就这么松绑将他放到国外的广阔天地中去，众人仍认为太过宽大处理，难以接受。他们便首先一根根拔光他的胡须，接着像贝壳一样毫不留情剥去他的手脚指甲。甚至给他松绑时，拿石头砸向手脚不利索的他，放彪悍猎犬去咬他。素戈鸣浑身是血，不敢站起身，踉跄中逃出了部落。

两天后，天象怪异的午后，素戈鸣终于越过围着高天原国的群山。他来到山顶，爬上险峻岩石，望着自己熟悉的部落所在的盆地，但他眼前只有薄薄白雾中隐约透出的部落平地。他一直呆坐在岩石上，沐浴着朝霞。山谷吹过的风和以往一样，在他耳边细语："素戈鸣，你在找什么？跟我来吧，跟我来吧，素戈鸣！"

素戈鸣终于站了起来，向着未知国度，慢慢下山走去。

这时，火红的朝霞消失，开始滴答落雨。素戈鸣身上除了一件罩衣，什么都没有，被活捉时，他的颈链和佩剑自然已被夺走。雨越下越大，浇在这个流放人身上。风横着刮来，时不时掀动他湿漉漉的衣襟，敲打着裸露的脚踝，他咬紧牙关，只盯着脚下的路走着。

实际上，他能看到的也只有脚下的重重岩石，还有笼罩着山谷的灰沉沉的雾。雾中喧闹，不知是风雨声，还是山谷水声。他心中有更狂烈更寂寞的怒火在狂烧。

二十四

不久脚下的岩石变成了湿漉漉的青苔，又过不久，青苔变成了茂密的羊齿草。接着，素戈鸣走进了丈高的山白竹林，不知不觉到了隐藏在山腰中的森林。

森林深无止境，风雨永无止境。冷杉和铁杉的树丫横于空中，驱赶着暗雾，痛苦地悲鸣。素戈鸣分开山白竹丛，奔往下方。竹丛埋没了他的头，湿漉漉的叶子不断飞舞。整个森林仿佛复活了，挡住他的去路。

他毫不停歇，继续向前，心中依然奔涌着怒火。尽管如此，这疯狂的森林中有种力量，可以唤起狂热的喜悦。他奋力拨开草木和藤蔓，时不时高声喊着，回答风雨的怒吼。

刚过中午，素戈鸣终于来到一道山谷水流边，被挡住了去路。湍急水流的对岸是陡峭绝壁。他顺着河流，再次分开山白竹丛前进。走了不久，来到一座藤蔓栈桥前，烟雨中桥摇摇欲坠地通向对岸。

栈桥对面的绝壁上，飘着炊烟，只见几个大洞穴。素戈鸣果断穿过栈桥，窥向其中一个洞穴。里面有两个女子正坐在炉火前沐浴着火光，好像画中人物一般。一个是长得像猴子的老婆子，一个看起来挺年轻。她们看见素戈鸣，同时叫了起来，准备跑去洞穴深处。素戈鸣看到此处没有男人，猛然冲入洞里，轻松地抓住了老婆子。

年轻女子拿起挂在壁上的刀，突然刺向素戈鸣胸口。但他挥动一只手，把刀子打落在地。女子又拔出剑，固执地冲他打来，但剑也一瞬间被击落在地。他举起那把剑，当着两人的面用牙齿咬断剑锋，轻松折成两段，接着冷笑着挑衅地看着女子。

女子已经举起斧头准备第三次攻击,但看到他折剑,立马丢掉斧头,跪在地上求饶。

"我饿了,给我吃点东西!"

他松手放了猴子样的老婆子,接着走向火炉,悠然盘腿坐下。两个女子听从命令,默默开始准备饭菜。

二十五

洞穴中很宽敞。墙壁上挂着各种武器,在炉火照耀下,每一个都闪着美丽的光芒。地上铺着几张鹿皮和熊皮,温暖空气中不知从何处飘来了淡淡的甜香。

这时,饭菜准备好了。素戈鸣面前摆着满满的盘子、杯子,堆着野兽肉、山谷鱼肉、森林果实、干贝。年轻女子拿着酒瓶,走到炉边,前来给他倒酒。素戈鸣坐近了一看才发现,这女子皮肤白皙、头发茂密、十分艳丽。

素戈鸣就像野兽一样又吃又喝,盘子杯子眼看着全部空了。女子看他如此能吃,像孩子一样笑了,此时怎么都看不出对他用刀子时她的那副彪悍模样。

"嗯,我吃饱了,再给我拿点衣服!"

素戈鸣吃完饭说道，打了个大大的哈欠。女子去洞穴里面，拿着丝绸衣服出来了。这是他从未见过的精美的丝绸衣服。他穿完后，从墙壁上的武器中拿起一把方头柄利剑，系在左腰。接着又回到炉火前，像刚才一样盘腿坐下。

"您还有什么吩咐吗？"

女子不久来到旁边，小心问道。

"我等你丈夫回来。"

"等一下，为什么呢？"

"我想和他决斗。告诉他我不是抢劫女人的强盗。"

女子理了理脸上的秀发，明艳地笑了。"那您可等不到啦，因为我就是这个洞穴的主人。"

素戈鸣大感意外，不由瞪大眼。

"这里没有一个男人吗？"

"一个男人都没有。"

"这附近的洞穴呢？"

"都是我的妹妹们，我们两三人住一个洞穴。"

他绷着脸，使劲摇了两三下头。火光、地上毛皮、墙上的刀剑，这些都像诡异的梦境。特别是这位年轻女子，戴着艳丽项链，手拿佩剑，好像远离人间烟火的山间仙子。

但狂风暴雨中穿过森林，长途跋涉后来到这无须害怕的温暖洞穴坐着，无疑是愉悦的。

"妹妹们很多吗？"

"我们一共十六人。阿婆去喊她们了，一会儿过来。"

这么一说，他一看，刚才那个猴子一样的老婆子果然不在了。

二十六

素戈鸣抱着膝盖，听着洞外狂风暴雨。于是女子往炉中加入柴火，说道：

"请问您尊姓大名？我是大气都姬。"

"我是素戈鸣。"

他报出名字的时候，大气都姬惊讶地抬眼，又一次看向这位外表粗野的青年，显然她对这名字很熟悉。

"那你以前在山那边的高天原国吧？"

他沉默着点点头。

"高天原国是不是个好地方？"

听到这话，心中熄灭的怒火在他眼里再度燃烧。

"高天原国吗？那是一个老鼠比野猪厉害的地方。"

大气都姬笑了，露出了美丽的牙齿，在火光下清晰可见。

"这里是什么地方？"

他故意冷淡地换了个话题。但女子依然微笑着盯着他壮实的肩膀，并未回答。他不耐烦地皱了皱眉，又问了一遍。大气都姬才回过神来，眼神妩媚地回答：

"这里吗？这里是野猪比老鼠厉害的地方。"

这时，忽然人声嘈杂，老婆子带着十五个年轻女子冒着风雨来到洞里。她们脸颊泛红，黑发高盘，轮流和大气都姬亲切打招呼。接着毫不见外地纷纷坐在呆然的素戈鸣周围。脖上项链的颜色，耳环的光芒，还有衣服丝绸的摩擦声……敞亮的洞穴突然多了不少东西，让他感到狭窄。

十六个女子很快围住他，开始了与这山并不相符的盛大酒会。素戈鸣像哑巴一样，一杯杯接过酒，一饮而尽。但当醉意来临时，他大声叫着，有说有笑。女子们有的用玉饰装扮自己，弹着琴，有的举杯唱着恋歌，洞里回荡着她们美妙的歌舞声。

此时已到了夜晚，老婆子往炉子里加了柴火，点亮了几盏油灯。白昼般的灯光中，素戈鸣烂醉如泥，任周围女子们摆弄。十六个女子时不时抢夺着他，互相娇嗔。但基本上是大气都姬不管妹妹们的嗔怪，独自霸占着素戈鸣。素戈鸣忘却了风雨、群山、高天原国，完全沉浸在笼罩着洞穴的脂粉气中。在喧闹中，只有那猴子样的老婆子静静蹲在角落，讥讽地瞅着十六个女子的放荡。

二十七

夜渐渐深了，空盘和空瓶时不时掉在地上，发出刺耳的声音。地上铺着的毛皮被桌上不停滴下的酒淋得湿透。十六个女子已经完全没有了正经样，嘴里只有毫无意义的笑声和难受的哼唧声。

不久，老婆子站了起来，将明亮的油灯台一盏一盏熄灭，只留下炉里面快烧完的炭火。微弱的火光迷迷糊糊照着被十六个女子蹂躏、如小山样的素戈鸣。

第二天，素戈鸣醒来后，看到自己独自躺在洞穴深处铺垫着丝绸和毛皮的床上。这床不是草垫，而是用桃花堆成的。昨天洞里飘浮的不可思议的淡淡甜香肯定就是桃花散发的。他哼着鼻子，呆呆地看了一会儿洞顶，昨晚的疯狂记忆如梦般浮现眼前，心头莫名生出一股怒火。

"畜生！"

素戈鸣吼着，猛地从床上跳起，桃花跟着漫天飞舞。

洞穴中老婆子正在专心做早饭，大气都姬不知去哪儿了，完全不见踪影。素戈鸣快速穿上鞋子，将方头柄刀系于腰间，不管老婆子的寒暄，大步走向洞外。

微风很快吹散了他脑中的宿醉。他胸前抱臂，望着山谷对面摇曳的森林树丫。森林里的空中，高高的群山云雾缠绕，山腰上是裸露的岩石。巨大的山峦沐浴着朝阳，好像一边俯视着他，一边嘲笑他昨晚的丑态。

看着群峦和森林，素戈鸣突然感到洞穴里的空气让人恶心，炉火、瓶酒甚至床上的桃花都充满了令人厌恶的腐朽气味。特别是那十六个女子，每个都像行尸走肉，涂着红粉掩饰腐朽。素戈鸣在群峦前不由深呼吸，悄然低头，走向洞穴前的藤蔓桥。

但这时，宁静的山谷中再次回荡着生机勃勃的欢快笑声。素戈鸣不由停下，回头看向声音的地方。只见洞穴前的羊肠小道对面走来十六位女子。大气都姬走在最前面,比昨日更显美丽,她最早看到素戈呜,急忙赶来,丝绸衣裳舞动,让人炫目。

"素戈呜!素戈呜!"

她们就像小鸟鸣叫,一齐喊着他。仿佛是命中注定,那声音让好不容易准备跨上藤蔓桥的素戈呜心中荡漾。他惊讶于自己的心动,却又不由笑着等女子们靠近。

二十八

那以后,素戈呜在温暖如春的洞穴中,和十六个女人过着放纵的生活。

就这样,一个月转瞬而逝。

素戈呜每天喝喝小酒,钓钓峡谷的鱼。谷川上游有个瀑布,瀑布旁边常年开着桃花。十六个女子每天早上都会去瀑布边,在弥漫着桃花香的水中泡澡。他也常常趁着朝阳刚起来时,和女子们一起拨开竹丛,去遥远的上游泡澡。

这时候,雄伟的群峦、隔着峡谷的森林——大自然仿佛慢慢死去,和他没有任何关系。虽然他早晚呼吸着寂静峡谷的空气，但没有丝毫感动，他并不介意自己的这种心理变化，每日安心酗酒娱乐，享受着梦幻般的幸福。

但有天梦里，素戈鸣又一次站在山顶岩石上，望向高天原国。太阳照射下，天安河巨大的水流就像长刀一样发着光芒。他迎着强劲的风，望向眼下的景色，突然间难言的孤寂涌向心头，便大声哭泣起来。他被自己的哭声惊醒，发现脸上还留有冰冷的泪痕，于是起身，就着炉火环视洞穴。大气都姬和他睡在一张桃花床上，正安静地熟睡。对他来说，这自然不是什么稀罕事。看着她的睡颜，虽然眉眼没有任何变化，但觉得和垂死的老太婆一个样。

素戈鸣感到恐怖和厌恶，颤抖着咬牙，轻轻溜下温暖的床，接着快速穿好衣服，悄悄溜出洞穴，连那猴子样的老婆子都没发现。

外面是漆黑的夜，只能听到峡谷溪水的声音。他一渡过藤蔓桥，便像野兽一样潜过竹丛，走入树叶动都不动一下的森林。星光、冷露、青苔味、猫头鹰眼睛——所有这些都让他感到从未有过的爽快。

素戈鸣并未回头，一直走到天明。森林的黎明真美，当铁杉、冷杉的暗梢被朝霞染成火红时，他数次高叫，庆祝从洞穴逃出来的自己有多么幸福。

不久太阳升到森林正上方。他望着树梢的斑鸠，后悔忘了带弓箭，但到处都有能够果腹的野果。

夕阳西下，照在险峻的悬崖上，看着寂寞的素戈鸣。悬崖下方，森林的针叶树锋整齐有致。他坐在岩石角上，望着沉入谷底的落日，想着挂在昏暗洞穴壁上的刀剑和斧头。这时，不知为何，他仿佛听到山那头隐约传来了十六个女子的笑声。那是无法想象的充满了奇妙诱惑的幻象。他盯着暮色下的岩石和森林，拼命抵制那些诱惑。但洞穴里火焰旁的回忆就像看不见的网一样，牢牢地抓住他的心。

二十九

一天后，素戈鸣又回到了那个洞穴。十六个女子好像不知道他逃跑的事情一样。怎么看，那种冷漠都不像是装出来的。不如说她们一开始就拥有某种不可思议的钝感力。

这种钝感令他痛苦。但一个月后，他反而因为这种钝感而更变本加厉,堕入永不醒来的烂醉般的奇妙幸福中。

一年时间又如梦境般溜走。

有一天,女子们不知从何处带来一只狗,养在洞穴里。这只狗全身黝黑,大如小牛。她们喜欢这只狗,特别是大气都姬把它当人类来疼爱。一开始,素戈鸣和大家一样,把盘子里的鱼和兽肉扔给它,或者酒后助兴和它玩相扑。狗常常扬起前爪,把烂醉的他扑倒。女子们每次便拍掌,嘲笑他愚蠢。

但女子们一天比一天宠爱黑狗。最后大气都姬连吃饭的时候,给狗的餐具都和给素戈鸣的一样。他曾板着脸,一度想把狗赶出去。但大气都姬却一反常态,眼神不再美丽,责骂他任性。素戈鸣已经失去了与狗一决高低的勇气,与狗同吃肉同喝酒。狗好像知道他的不快,总是舔着盘子,冲他龇牙。

这般情景素戈鸣还能忍受。一天早上,他比女子们晚到瀑布泡澡一步。那时快入夏,桃花却依然在峡谷雾中开放。他拨开竹丛,准备进入漂着桃花的水潭。这时,他意外看到××××××(原文缺)一团黑色的野兽在水中动着。×××××××××××。(原文缺)他立刻拔出腰间的剑,准备一剑刺死狗。但女子们却保护着狗,让素戈鸣无法得手。这当头,狗湿漉漉地跳上岸,逃去洞穴了。

那以后每晚的酒宴中,十六个女子拼命争抢的不再是素戈鸣,而是那只黑狗。他只能蹲在洞穴深处,一晚上喝闷酒,独自伤心落泪。他心中燃烧着对狗的满腔嫉妒,但丝毫没有意识到这种嫉妒的浅薄。

一天夜里,他又在洞穴深处,双手掩面哭泣。突然有人偷偷靠近,双手抱住他,娇媚地说话。他意外地抬眼,借着远处油灯的一点儿微弱光芒,盯着对方的脸,同时一声怒吼,突然将她推开。对方一下子倒在地上,发出痛苦呻吟声。那人正是腰都直不起来,像猴子一样的老婆子。

三十

素戈鸣推倒老婆子后,满脸泪水,如虎般一跃而起。他心中瞬间交织着嫉妒、愤怒和屈辱,看着眼前和黑狗玩耍的十六个女子,立刻拔出刀,不顾一切闯入女子群中。

狗连忙翻了个身,好不容易避开了他的刀。同时,女子们左右开弓，拉住暴怒的素戈鸣。但他挣脱那些手，再次疯狂刺向黑狗。

刀没有刺中狗，却刺中了前来抢夺武器的大气都姬的胸口。她痛苦地呻吟，仰面倒地。女子们看到这场景，一齐惨叫，向四处逃窜。一瞬间，灯台的倒地声、刺耳的狗叫声，还有盘子瓶子的粉碎声——刚才欢声笑语的洞穴突然陷入暴风雨般的混乱。

他怀疑自己的眼睛，瞬间茫然站着，但不久扔下刀，两手抓着头，痛苦地大叫，弓箭离弦般地跑去洞穴外。

空中月亮带着晕轮，挥洒着朦胧青光。森林树木在空中交织着枝丫，封住了峡谷，好像等待着凶事的发生。素戈鸣看不见也听不见这一切，一直往前走着。山白竹丛抖动着露珠，好像要埋没他一样，到处都是，如浪花涌动。夜鸟不时从里面飞出来，翅膀上带着薄薄的磷光，飞上无风的树梢……

黎明时分，素戈鸣发现自己到了一个大湖岸边。天空阴沉，湖水如同一块铅板，没有一丝波澜。周围群山高耸，这种沉重的夏季绿色对刚回过神的他来说，是永远无法治愈的忧郁景色。他拨开岸边竹丛，走下来到干燥的沙滩上。接着坐下看着寂寞水面。远处湖面上有一两点鹬鹬鸟身影。

于是他心中突然涌上悲切。遥想自己在高天原国时，敌人是无数青年，而现在的敌人却只是一只狗。他掩面大声哭泣，久久没有停歇。

这时天象突变。对岸群山空中划过两三道闪电，接着响起滚滚雷声。素戈鸣依然哭着，坐在沙滩上。不久风夹着雨袭来，肆虐着岸边竹丛，湖面顿时变暗，波浪涌动。

雷声一声接着一声，对岸群山笼上了烟雾，森林也热闹起来。湖面一度昏暗，眼看着又从对岸开始变白了。素戈鸣开始抬起头，这时天似乎翻了个身，瓢泼大雨猛然向他袭来。

三十一

对面的山已经彻底看不见了，湖面笼罩在云烟中，若隐若现，只是每次闪电闪过瞬间，才能望见波浪汹涌的水面。这时，雷声一阵阵响彻天空。

素戈鸣全身湿透，仍然没有离开沙滩。他的心比头上的天空更暗，坠入黑暗深渊，只有对无比肮脏的自己的愤恨。但如今连宣泄这种愤恨的力气——头撞树或者投湖这样一下子结束自己生命的力气都已经没有了。他的身心就像破船一样，茫然任惊涛掀动。他只能淋着激起一片白色的瓢泼大雨，默默地茫然坐着。

天空更暗了，风雨也更猛烈了。突然素戈鸣眼前变成了一片淡紫色，闪闪发光，山云湖都飘在了半空中。同时，一声落雷炸响耳朵，好像要震碎地轴一样，他不由跳了起来，但接着又扑倒在地。大雨毫不留情地泼在匍匐在地上的他的身上，他却将半边脸埋入沙子，身子动也不动。

几小时后，昏迷的素戈鸣醒了，从沙滩上站起来，眼前是如油一样的宁静湖泊。空中云团散乱，一道日光犹如带子正好落到对岸山顶，只有光照的地方露出显眼的黄绿色。

他茫然抬眼，望着这平静的大自然。天空、树木和雨后的空气都好像昔日梦境一样，充满了让人怀念的寂寞。

"那些山中有我遗忘的东西。"他这么想着，贪婪地一直望着那湖泊。但那究竟是什么？他搜寻遥远的记忆，怎么也想不起来。

这时云影移开，环绕着他的群山，瞬间充满阳光，弥漫着盛夏的气息。隐在山里的绿色森林在美丽湖泊上空显得格外美丽。这时,他感到心里异样的战栗,便屏息认真倾听。重峦叠嶂的山深处,传来了已经忘记的自然的声音,好像无声的雷声一样。

他高兴得战栗,折服于自然的语言威力,最后匍匐在沙滩上,拼命捂着耳朵,但大自然仍在不断说话,再不情愿,他也只能聆听着。

日光照在湖上,湖面波光粼粼,此刻正充满活力地回应着大自然的话。他——一个匍匐在沙滩上的小小人类,一会儿笑一会儿哭。群山中涌动的声音并不管他的喜怒,仍然不停地响彻在他的上空。

三十二

素戈鸣沐浴着湖水,洗净全身污垢,接着走向岸边一棵巨大的冷杉树,在树底下难得地美美睡了一觉。就像盛夏空中深处静静落下的一根鸟羽一样,梦境悄悄落在他身上……

梦中有些昏暗,一棵大枯树在他面前伸展枝丫。

这时,一个壮汉不知从何处走来。看不清他的脸,但看剑柄处朦胧闪着金光的龙头，便知是把金龙装饰的高丽剑。

壮汉拔出腰中佩剑，猛地刺穿大树根部，直至剑柄。

素戈鸣惊叹于他的非凡力量。不知谁在他耳边喃喃细语："这是火雷命。"大汉静静举起手，向他示意。他感到这是让他去拔那把高丽剑，接着突然梦醒了。

他茫然起身。微风吹动着冷杉的树梢，上空已经是满天繁星。周围除了发白的湖面，只有一片黑暗，还有黑暗中的山白竹摇动声和青苔腥味。他想着刚才的梦，无意间懒散的目光瞥向前方。

不到十步的地方，果然有一棵枯木，和梦里一模一样。他毫不犹豫地向树走去。

枯木肯定是被刚才的落雷劈裂了，根部散着很多针叶。素戈鸣踏着针叶，同时知道这并不是梦。枯树根部深深地插着一把高丽剑，直插到剑柄，剑柄上还有金龙装饰。

他两手抓着剑柄，使出全身力气，一下子拔出了那把剑。剑好像才磨过一样，从剑把到剑锋都闪着冷光。他心中想着"神仙在保护我"，重新鼓起勇气，跪在枯木下，向天上众神祈祷。

接着他又回到冷杉树下，紧紧抱着剑，重新进入深度睡眠。整整睡了三天三夜，好像死去了一样。

素戈鸣再次醒来后，为了清洗身体，步入湖泊沙滩。狂风后的湖泊，没有一丝波浪。那水如镜子般，清晰照出他站在河边的倒影。那是和高天原国时一样的，心强力壮的丑陋神仙一样的脸，但眼睛下不知何时开始多了一道皱纹，刻着这一年的悲苦。

三十三

从那以后，他一人有时穿过大海，有时越过高山，去了很多国家。但不管是哪个国家哪个部落，都未曾让他停下步伐。虽然名字不一样，但那里居民的心和高天原国大同小异。他已不再眷恋高天原国，虽然会助当地居民一臂之力，但从来没想过成为当地居民的一员，在那里终老。"素戈鸣啊，你在找什么？和我走吧，和我走吧……"

他听从风之语，离开那个湖泊，到现在正好满七年了，一直持续着漂泊的生活。第七年夏天，他来到了出云的簸川，出现在逆流而上的一艘独木舟帆下，望着芦苇深深的两岸，无聊乏味。

芦苇尽头，松树高耸茂密。密密麻麻的松枝上方，是环绕着夏日雾霭的阴郁山顶。群山之中，三两只白鹭不时飞过，拍动着耀眼翅膀，留下斜飞身影。除了白鹭身影外，河面一带笼罩在明亮寂寞中，给人压迫感。

他靠在船舷上，呼吸着日照下的松脂香，长时间任独木舟随风飘荡。实际上，这样寂寞的河面景色，对于饱经历险的素戈鸣来说，犹如高天原的岔路口那样世俗，没有丝毫新意。

临近黄昏，河水变窄了，两岸的芦苇渐变稀疏，到处都是一团团的松树根，在水泥间交织出一片荒凉。他想着今晚的歇息地，一边更小心地看着栏杆。松枝垂于水面，像铁网一样缠绕在一起，固执地遮挡住森林深处的神秘世界。但在鹿喝水钻出来的稀疏洞口，能看到朽木上一簇簇吓人的红蘑菇。

夜幕慢慢降临。这时，他看到远处邻水的一块岩石上，似乎坐着一个人。这河水一带，从刚才开始就完全没有人烟。所以，看到那个人影时，他还以为看错了，手放在高丽剑柄上，身体依然靠在独木舟舷上。

过了一会儿，小舟顺着水路渐渐靠近岩石，岩石上的人影越来越清晰。不仅如此，还能看清是个穿着长裙的女子。素戈鸣眼里充满了好奇，不由站到了独木舟头。这时，独木舟顶着微风鼓着船帆，在遮住天空的松枝下一点一点靠近岩石。

三十四

独木舟终于来到了岩石前，长长的松枝垂在岩石上。素戈鸣立马下了帆，一只手抓着松枝，两脚一用力。同时，船剧烈晃动，擦过岩角的青苔，最后横着靠岸。

女子没发现他的靠近，独自伏在岩石上哭着。突然她发现身后有人，抬起头看着船中的素戈鸣，哭得更响了，想藏到绕着半边岩石的粗大松树后。就在这时，素戈鸣一只手抓住了岩角，喊道："请等一下！"从后面一下子紧紧抓住女子衣服。女子不由倒下，发出了短短的叫声，但她并没有起来，还是和之前一样趴着哭泣。

他把船系在松枝上，轻松跳上岩石，接着把手放在女子肩上，说道：

"请你放心。我不会伤害你。只是你在这样的地方哭泣太奇怪了,所以我才停了船。"

女子终于抬起头,在水上暮色中,怯生生地看着他。刹那间,素戈呜想起了梦境,她就是那个只能梦里看到的宛如夏季晚霞般凄美的女子。

"你怎么了?迷路了吗?还是遇到坏人了?"

女子默默摇头,颈上的琅玕玉发出轻微碰撞声。素戈呜看着女子孩子气地否认,唇间不由泛上一丝微笑。但那女子后来越来越羞涩,面色羞红,垂下泪汪汪的眼睛,看着膝盖。

"那么,究竟是怎么了?有什么难事,尽管告诉我,只要我可以,我一定帮忙!"

他温柔地安慰着。女子才鼓起勇气打破沉默,断断续续地娓娓道来。女子父亲乃是这条河上游的部落首领,叫做"足名椎"。但最近部落的男男女女陆续感染了疫病倒下,所以足名椎便立刻请了巫女,祈求上天旨意。让人意外的是,上天旨意说,不将独生女栉名田姬献给高志大蛇的话,部落所有人都会在一个月内死亡。于是足名椎迫于无奈,便和部落青年们一起划船,从遥远部落把女儿送至此处,留下她一人后离去。

三十五

听完栉名田姬的话,素戈鸣四处张望,充满斗志地看着黄昏下的河水。

"那高志大蛇究竟是何怪物?"

"听人们说,那蛇有八头八尾,长达八个山谷,是条巨蟒。"

"是吗?这倒是新鲜事。我已经好多年没碰到如此怪物了。听你这么一说,我就觉得充满了斗志。"

栉名田姬担心地抬起凄凉的眼睛,看着满不在乎的素戈鸣。

"现在那条大蛇随时可能过来。你……"

"我准备杀死大蛇。"

他果断回答,接着两手交叉在胸前,静静地走下岩石。

"虽说要杀死它,但正如我刚才说的,那蛇不是寻常之物,是神啊。"

"是的。"

"你要是受伤了……"

"是的。"

"我已经是牺牲品了,我认命。既然如此……"

"你等一下。"

他继续走着,挥着手,好像要挥掉什么东西。

"我不想你成为供奉大蛇的牺牲品。"

"但是那大蛇特别厉害——"

"你说没办法吗?哪怕没办法,我也要去战斗。"

枥名田姬的脸又红了,摸着腰带上的镜子,轻轻地回复他的话。

"我成为大蛇的供奉品,这是神的旨意。"

"可能是,但是如果没有供奉品这一说,你就不会这个时候独自来到这个地方了。这么看来,与其说神的旨意是让你成为大蛇的供奉品,不如说是让我断了这大蛇的命。"

他停在枥名田姬面前,丑陋的眉宇间尽是威严。

"但是巫女说……"

枥名田姬的话小得基本听不见了。

"巫女只是传达众神的旨意,不是解众神的谜。"

这时,突然两头鹿从对面的昏暗松树下蹦出来,跳入微微泛白的河水中,激起水花,接着并头拼命游往对面。

"那些鹿这么慌张——难道大蛇已经来了?那么——

281

那么恐怖的神——"

栟名田姬疯狂地蜷缩到素戈鸣腰边。

"很好，终于来了，这是解开众神谜语的时刻。"

素戈鸣看了下对岸，慢慢将手伸向高丽剑。话还没说完，骤雨般的巨大声音震撼着对岸松林，直上天上稀疏的星星，直上山峰间天空。

1920 年 5 月

尾生之信义

尾生站在桥下，翘首以盼女人的到来。

仰头望去，石栏高处，爬蔓半掩。透过缝隙，鲜艳落日，行人交织，白色衣摆随风飘动。但是，女人依然没来。

尾生轻轻吹起口哨，悠然望着桥下的沙洲。

桥下黄沙洲只剩下两坪大小，紧邻河水。水边长满芦苇，有很多圆孔，有可能是螃蟹的家。水波拍岸，啪嗒作响。

但是，女人依然没来。

尾生等得着急，移步到河畔，环视着没有一艘船通过的宁静水面。

河边芦苇茂盛，密不透风。芦苇丛中点缀着一棵棵郁郁葱葱的河柳。尾生被挡住了视线，看不清水面宽度。清水如带，在芦苇中悄悄蜿蜒，给云母般的云朵镀上金边。可是，女人依然没来。

尾生离开水边，此时在并不宽阔的沙洲上来回踱步。暮色渐浓，他聆听着四周的动静。

桥上已无行人踪迹，脚步声、马蹄声、车轮声，统统消失不见。耳边唯有风声、芦苇声、水声，还有不知何处冒出来的苍鹭的叫声。尾生驻足，看到不知何时开始涨潮了，冲刷着黄泥的河水更加逼近自己。但是，女人依然没来。

尾生紧皱双眉，在桥下昏暗沙洲上快步走着。这时，河水一寸一寸、一尺一尺慢慢涌上沙洲。同时，河中弥漫的河草味和水汽冰冷地进入他的身体。他抬头一看，桥上鲜艳的落日已完全消失，只有石栏的漆黑影子，清楚地伫立在淡青色的夜空中。但是，女人依然没来。

尾生终于惊呆不动了。

河水打湿了他的鞋子，闪着比钢铁还要冷酷的光，在桥下蔓延开。就这样的话，自己的膝盖、腹部、胸部恐怕片刻间将被冷酷的满潮水淹没。不，这时候，水位已经越来越高，如今小腿已经浸没在水中。但是，女人依然没来。

尾生站在水中，怀着最后一丝希望，不停地看向桥上。

水已经淹到腹部，四周早已笼罩在苍茫暮色中。远近茂密的芦苇和河柳的寂寞树叶沙沙声，在朦胧雾霭中传来。似有一条鲈鱼敏捷跳起，掠过尾生的鼻子，露出白色肚子。月朗星疏，满是藤蔓的桥栏很快在暮色中隐藏。但是，女人依然没来……

半夜，月光洒满河边芦苇和杨柳，河水和微风轻轻低诉，将桥下尾生的尸体轻轻推向大海。但尾生的魂魄似乎向往着空中的月光。灵魂出窍后，向微亮的天空缓缓升起，悄无声息，好像水汽，好像藻味……

几千年后，那魂魄历经无数颠簸，又必须托生为人了。于是便附在了我身上。所以，我虽然生在现代，却碌碌无为，白天与黑夜不分，现实与梦境不分，一直等待着应该会来的不可思议的东西,就像尾生站在黄昏桥下,苦等永远不会来的恋人一般。

1919 年 12 月

舞会

一

　　明治十九年（1886年）十一月三日晚，名门闺秀明子，年方十七，与秃头的父亲来到鹿鸣馆①，登上楼梯，参加

---
① 鹿鸣馆，典型的欧式建筑，用于举办舞会，也是皇族或上流社会的社交场所，是日本明治时期极端欧化的象征。——译者注

今晚的舞会。灯光锃亮，楼梯两侧宽广，硕大的菊花仿佛人工打造，围成三重篱。菊花瓣最里面淡红，中间深黄，最外面纯白，如同流苏一样多而不乱。菊篱尽头，台阶上的舞厅中不停地传来欢乐的管弦乐声，犹如无法抑制的幸福倾诉。

明子自幼学习法语和舞蹈。但今天是她生平第一次参加正式舞会。马车里，父亲不时问东问西，明子总是心不在焉地回答。她既愉快又不安，忐忑的感觉弥漫心中。她已无数次着急望向窗外，看到东京街头稀稀拉拉的灯光闪过，直到马车停在鹿鸣馆前。

但明子进鹿鸣馆后遇到件事，让她忘了不安。父女两人楼梯才爬了一半，赶上一位爬在前面的中国高官。于是，高官肥胖的身躯往旁边让了让，让父女俩先过，两眼呆望着明子。只见明子身着鲜嫩的玫瑰色礼服，脖上系着淡蓝色丝带，浓密的秀发里只插着一朵幽香玫瑰花。那晚明子充分展现了文明开化后日本少女的美，惊艳了拖着长辫的中国高官。这时，有个身着燕尾服的日本人匆匆下来，与父女俩擦肩而过，他下意识地回头，同样惊艳地瞥了一眼明子的背影。接着，若有所思，手理了理白领带，穿过菊花丛急忙走向大门。

父女两人爬上楼梯。在二楼舞厅前，东道主伯爵大人留着半白胡须，胸口戴着几枚勋章，与身着路易十五装束的年长伯爵夫人，文雅大方地迎客。伯爵看到明子，老奸巨猾的脸上瞬间掠过无邪念的惊艳。这些都被明子尽收眼底。明子父亲为人亲和，微笑着将女儿简单介绍给伯爵夫妇。明子既腼腆又得意，同时也感觉位高权重的伯爵夫人的相貌里仍有些许粗俗。

菊花盛开，布满整个舞厅，美丽无比。同时，到处都是等候舞伴跳舞的名媛，她们身上的蕾丝、花朵和象牙扇，夹杂在清爽的香水味中，犹如无声的波浪在滚动。很快，明子与父亲分开，走进美艳名媛群中。这些人年纪相仿，穿着一样的淡蓝色或玫瑰色礼服。名媛们欢迎明子，如同小鸟般叽叽喳喳，交头接耳夸她今晚多么美丽。

明子刚加入，不知道从哪里静静走来一名陌生的法国海军军官。军官垂下双手，像日本人一样礼貌鞠躬。明子感到脸庞发红发烫。这鞠躬的意思不用问，她清楚这是什么用意。于是她扭头，把手中扇子交给旁边淡蓝色礼服的名媛。同时让人意外的是，海军军官面带微笑，用带着奇怪口音的日语，清楚地问道：

"您能否赏光和我跳个舞？"

很快，明子和法国海军军官一起共舞华尔兹——《蓝色多瑙河》。军官脸色晒得黝黑，眉眼分明，胡须浓厚。明子个子太矮了，她将戴着长手套的手放在军装的左肩上。但军官熟谙这等场合，灵巧地带着她，轻轻地舞动在人群中。时不时，他还在明子耳边恭维，用着让人舒服的法语。

明子对温柔恭维报以腼腆的微笑，不时看向他们跳舞的舞厅周围。染着皇室徽章的紫色绉绸帐幔和大清帝国张牙舞爪的青龙旗下，花瓶中的菊花在人浪中，时而泛着明朗银色，时而泛着阴郁金色。那人海如同翻滚的香槟酒，应和着华美的德意志管弦乐曲，让人炫目地不停涌动。明子与一个正在舞动的朋友目光交汇，忙碌中互相愉快点头致意。遽忙之中，就在这片刻之间，另一个舞者已经如同大蛾狂舞，不知从哪里过来。

明子知道，自己的舞伴——法国海军军官的目光一直在留意着自己的一举一动。这表明，完全不了解日本的外国人对她开心跳舞有兴趣。这么漂亮的小姐，会不会像玩偶一样住在纸和竹做成的家里呢？会不会用细细的金属筷从掌心大小的青花碗中夹食米粒呢？伴着让人好感的微笑，他眼中不时闪现这样的疑问。明子既觉得搞笑又觉得得意。所以，每当对方好奇地看着她华美的玫瑰色舞鞋时，她便更轻盈地在光滑的地板上滑舞着。

但军官不久后发现，这个小猫一样的姑娘已有疲态，便怜香惜玉地盯着她的脸问道：

"还要不要接着跳呀？"

"Non, merci."[①]

明子气喘吁吁，直截了当地答道。

于是，军官脚下继续华尔兹舞步，同时带着她穿过前后左右舞动的蕾丝和花海，悠然靠近沿墙的一瓶瓶菊花。最后一圈后，他完美地让明子坐在椅子上，挺了挺军服下的胸，又和刚才一样恭恭敬敬地鞠了一躬。

后来，两人又跳了波尔卡和马祖卡。接着，明子挽着军官的臂弯，走过白色、黄色、淡红的三重菊篱，走向楼下的宽阔房间。

这里，燕尾服和白白的肩膀交织，在被银器和玻璃餐具摆满的几张桌上，肉和松露堆积如山，三明治和冰激凌耸立如塔，石榴和无花果筑成金字塔形。特别是房屋一角的墙上，尚未被菊花淹没，有一个漂亮的金架子，青青的人工葡萄藤巧妙地缠绕其上。金架子前，明子看

---

① 法语"不，谢谢"。——译者注

到了秃顶的父亲，只见他嘴里叼着雪茄，和一群年龄相仿的绅士并立。父亲看到明子，满意地略点头，便立刻转向同伴，继续吸烟。

军官和明子走到一张餐桌前，一起拿起冰激凌小勺。明子感到，哪怕就是这会儿工夫，军官仍在不时看着自己的手、头发和系着淡蓝丝带的脖子。当然，她并不觉得不爽，但女性的疑惑一瞬间掠过脑海。这时，有两个身着黑色天鹅绒礼服，胸前别着红茶花的德国年轻女子走过，她故意透露疑惑，问道：

"西洋女子真漂亮啊。"

但军官听了此言，很认真地摇头：

"日本女子也很漂亮。特别是您这样……"

"哪里哪里。"

"不，我并非恭维。您这身装扮，如若参加巴黎舞会，必然惊艳全场。您就像华托[①]画中的公主。"

明子不知道华托是谁。所以，军官说的话带来的关于过去的美好幻象、幽暗森林中的喷泉和即将凋谢玫瑰的幻象，瞬间消失殆尽。明子比常人更为敏感，她搅动着冰激凌勺子，提起了另一个话题：

---

① 华托（1684—1721年），法国画家。——译者注

"我也想参加巴黎的舞会呢。"

"没必要,巴黎舞会和这里的一模一样。"

军官说着,环视着餐桌周围的人海和菊花,眼底突然涌出嘲讽的微笑,不再搅拌冰激凌勺子。"何止是巴黎,哪里的舞会都一样。"他半喃喃自语补充了一句。

一小时后,明子和军官依然手挽手,和众多日本人、外国人一起,站在舞厅外面星空月夜的露台上。

与露台隔着一栏的宽阔庭院里,针叶林覆盖,枝丫静静交叉,树梢间透出小红灯笼的点点光亮。空气冰冷,夹杂着庭院散发上来的青苔和落叶味,飘浮着一丝寂寞的秋意。但是,他们身后的舞厅里面,蕾丝和花海在染有皇室十六瓣菊花的紫色绸帷幕下,永不停歇地舞动。高亢的管弦乐,就像一阵飓风,依然在人海上用劲地鞭打。

露台上自然热闹非凡,欢声笑语不断摇曳着夜色。特别是,针叶林上空绽放美丽的烟火时,所有人都异口同声地惊呼。人群中的明子和认识的名媛们轻松聊天。不久她发现,军官让明子挽着手臂的时候,还在默默仰望着庭院上的星空,似乎陷入了乡愁。明子抬头悄悄看着他的脸,半撒娇地问道:

"您是不是想家了?"

军官依然眼中含笑,静静看向明子,没有说"不",而是孩子般摇头。

"可是您好像在想什么呢。"

"那您猜猜我在想什么呢?"

此刻,露台上的人群又是一阵骚动,好像刮过一阵风一样。明子和军官心有灵犀,不再说话,望着针叶林上的夜空。黑暗中,红红蓝蓝的烟火四射,瞬间消散。不知为何,明子感到那烟火美得不可方物,美得令人生悲。

"我觉得烟火就如我们的人生。"

过了一会儿,军官温柔地俯视明子,教诲般地说道。

二

大正七年(1918年)秋天,当年的明子在去镰仓别墅途中,在火车上偶遇一个青年小说家,两人仅有一面之缘。青年正把准备送给镰仓朋友的菊花放在行李架上。于是,当年的明子——现在的H老夫人,便向青年详细说了鹿鸣馆舞会的记忆,说她看到菊花就会追忆往事。听到当事人亲自讲述回忆,青年小说家自然很感兴趣。

讲完之后，青年无意间问 H 老夫人：

"您知道这位法国海军军官的名字吗？"

H 老夫人不假思索地回答道：

"当然知道。他叫 Julien Viaud。"

"那就是 Loti 了。就是写《菊子夫人》的皮埃尔·洛蒂①。"

青年感到愉悦的兴奋。H 老夫人却不可思议地看着青年的脸，不停地喃喃说道：

"不，他不叫洛蒂。叫朱利安·卫奥。"

1919 年 12 月

---

① 皮埃尔·洛蒂（1850—1923 年），法国作家。写有《菊子夫人》等几十部小说。——译者注

影子

横滨。

日华洋行老板陈彩穿着西装,两个手肘支在桌上,叼着已经灭了的香烟,照旧扫视着堆积的商业文件,眼神忙碌。

房屋内挂着印花窗帘,残暑依旧,寂寥无尽,让人窒息。打破这寂寥的只有散发着油漆味的门对面时不时传来的轻微打字声而已。

整理完如山的文件后,陈彩仿佛突然想起了什么,拿起了桌上的电话听筒。

"接一下我家电话。"

他一开口,竟然是流利的日语。

"哪位?阿姨啊?让太太接下电话。是房子吗?我今晚去东京。啊,我住那儿了。回不来了吗?是的,基本上赶不上火车。好的,家里交给你了。什么?医生来了?肯定是神经衰弱。好了,再见。"

陈彩把听筒放回原处,不知为何,脸色阴沉,用肥胖的手指擦燃火柴,开始吸着嘴里的烟。

烟草的烟雾、花草的香味、刀叉碰到盘子的声音、房间角落响起的走调《卡门》音乐。这样的吵闹中,陈彩面前放着一杯啤酒,独自手肘撑着桌。他周围万物都令人炫目地动着,客人、服务员、电风扇,但他的目光从刚才开始就一直落在账台后的女人脸上。

女人看起来不到20岁。她背对着墙上的镜子,不停地动笔写着账单,十分忙碌,额上的卷发、淡淡的腮红,还有素色的青色衬领。

陈彩喝完啤酒,慢慢站起硕大的身体,走向账台。

"陈哥，什么时候给我买戒指啊？"

女人这么问，手中的铅笔没停。

"如果那个戒指没有的话。"

陈彩找着零钱，下巴指了指女人的指头。指头上有一枚两年前的订婚金戒指。

"那你今晚给我买。"

女人突然拿下戒指，和账单一起扔到他面前。

"这是护身戒指啊。"

咖啡馆外面柏油路上，凉爽的夏夜风吹着。陈彩在人来人往中，几次仰头看着城市星空。这些星星只有今晚才……

突然响起了敲门声，把陈彩拉回一年后的现实中来。

"请进。"

他还没说完，散发着油漆的门轻轻开了，脸色发白的秘书今西静静进来，静得让人害怕。

"有信来了。"

陈彩默默点了头，沉默的表情让今西不敢开口。今西眼神冰冷示意，留下一封信，和之前一样默默回到对面房间。

门在今西身后关上。陈彩把烟头扔进烟灰缸，拿起桌上的信。这是封和普通商用文件没差别的信，白色的信封，上面用打字机打着收件人姓名。但陈彩拿起信时，脸上便浮现无法形容的厌恶表情。

"不会吧，又来了。"

陈彩皱着粗眉，讨厌地咂舌。但他还是把靴子后跟放在桌边上，基本上仰卧在转椅上，没用裁纸刀开了信封：

"敬启，我很多次告知您，您夫人不守妇道的事。您到目前为止，没有任何果断措施……这样一来，夫人和旧情人日夜鬼混……房子夫人是日本人，做过咖啡馆女服务员……我十分同情身为中国人的您……以后如果与夫人离婚……您肯定会被万人嘲笑……请您体察原谅。您忠实的朋友。"

纸无力地从陈彩手中掉落。

陈彩靠在桌子上，透过蕾丝窗帘的夕阳，看着一只女式金表。但盖后面刻着的字却不是房子名字的首字母。

"这是？"

新婚后没过多久，房子站在柜子前，隔着桌子冲丈夫盈盈微笑：

"这是田中先生送我的呢。你不知道吗？仓库公司的……"

桌上接着又出现两个戒指盒。打开白天鹅绒盖子，有一只珍珠戒指，还有一只土耳其玉石戒指：

"这是久米先生和野村先生送的。"

这次又是珊瑚发饰：

"这个多古风啊，这是久保田先生送的。"

陈彩只是盯着妻子的脸，好像不知道后面又会出来什么东西一样，若有所思地说：

"这都是你的战利品啊，你可得好好留着。"

于是房子在夕阳下再一次娇媚笑了：

"所以你的战利品也得……"

那时的他很开心。但现在……

陈彩身体打了个寒战，放下了翘在桌上的两脚。因为这时，桌上电话响了，惊扰了他的耳朵。

"是我。好的，接过来吧。"

他面对电话，烦躁地擦着额上的汗。

"谁？我知道是里见侦探事务所。事务所的谁？……吉井先生吗？……好的，向我报告？……谁来了？……医生？……然后呢？……可能是吧。……请你去一下停车场吧。……我肯定会坐末班车回去的……当心别出错哦，再见。"

陈彩放下话筒，恍恍惚惚，默默坐了很久。一会儿后，看了下座钟时针，半机械地按下了响铃按钮。

秘书今西听到响声，从微微开着的门后面透出半个瘦弱的身子。

"今西，你和郑先生说一下，让他今晚代替我去一下东京。"

不知何时，陈彩的声音显得软弱无力。但今西照旧冷淡地以目光示意，很快消失在房门后。

薄云笼罩夕阳，洒在印花布窗帘上，让房中光线多了一份浊红。同时，一只大苍蝇不知从哪儿飞来，迟钝的拍翅声，在托着腮帮发呆的陈彩旁边，画着不规则的圆形……

镰仓。

陈彩家客厅里，挂着蕾丝窗帘的窗中，暮夏的黄昏到来了。日光虽然消失了，但窗帘外夹竹桃依然盛开，让房内阴凉的空气多了一丝明快飘荡。

房子靠在墙边的藤椅上，摸着膝上的花猫，忧郁的眼光游荡在窗外的夹竹桃上。

"老爷今晚也不回来吗?"

年老女佣正收拾着那边桌上的红茶茶具。

"啊,今晚又要独守空房了。"

"但只要夫人您健康,我就放心了……"

"我的病只是神经疲劳了而已,今天山内医生这么说的。好好睡个两三天……啊!"

女佣惊讶地抬眼看主人。房子孩子一样的脸上,不知为何清晰浮现出刚才没有过的恐惧神色。

"夫人您怎么了?"

"不,没什么。但是……"

房子强挤笑颜。

"刚才有人从那边的窗户溜到房里来了……"

但老女佣立马从窗户往外望去,透过微风中抖动的夹竹桃,只能看见没有人的庭院草坪。

"啊,太可怕了。肯定是隔壁的男娃子捣蛋呢。"

"不,不是隔壁男娃子。是认识的人。哦对,我和你去长谷时,一直跟在我们后面,戴着鸭舌帽的人,看着挺年轻。还是……我的错觉吧。"

房子仿佛想到什么,慢慢说着后面的话。

"如果是那个男人的话，怎么办啊？老爷又不回来……不管怎样，让老伯去报警吧。"

"啊，你太胆小了。不管那样的人来几个，我一点不怕。但如果是我的错觉……"

老女佣松了口气，开始收拾。

"如果是我的错觉，我可能会发疯的。"

"夫人又说笑了。"

老女佣松了口气，笑着又开始收拾红茶茶具。

"不，因为你不知道。最近我一个人的时候，总觉得谁站在我后面。就那么站着，一直盯着我看……"

房子说着，沉浸在自己的语言世界，突然眼神忧郁。

二楼卧室已经熄灯，黑暗中淡淡香水味散开，只有没挂窗帘的窗户透出朦胧光亮，肯定是因为月亮出来了。房子沐浴在月光里，独自靠窗，望着眼前的松林。

丈夫今晚也不回来，用人们也都睡了。窗外庭院的月夜，悄悄刮过几阵风。不时传来粗犷声音的低吼，可能是大海吧。

房子站了一会儿。接着一种不可思议的感觉逐渐涌上心头，她觉得有人正在身后死死盯着她看。

但卧室里面，只有她一人。如果有——不，睡前肯定锁过房门了。那自己这种感觉——对了，肯定是神经疲劳。她俯视着微微发亮的松林思索。但有人盯着自己，这种感觉，越想拼命消除，却越来越强烈。

房子最后下定决心，战战兢兢往后看去。然而，卧室中连那只养顺了的花猫都不在。果然觉得有人盯着是种错觉，是病态神经作怪。想了这么一会儿，房子又立刻觉得，某个眼睛看不见的东西正在房间的黑暗中，这种感觉又涌上心头。但比眼前更无法忍受的是，这眼睛从正面盯着背对窗户的房子的脸庞。

房子全身战栗，把手伸向附近墙壁，突然打开电灯开关。熟悉的卧室回归现实，夹杂着月光的昏暗一扫而光。床铺、蚊帐、梳妆台都清晰出现在白昼般的灯光中，和一年前她与陈彩结婚时完全没有变化。看着周围的幸福景象，再怎么恐怖的幻觉也……不，但这怪物不怕炫目灯光，时刻紧盯着房子的脸。她立刻两手掩面，想拼命叫喊。不知为何发不出声音。那时她心中笼罩着前所未有的恐惧……

房子呼了口气，从一周前的记忆中挣脱出来。这时膝上的花猫跳下，扬起毛发整齐的脊背，舒服地打了个哈欠。

"那种感觉谁都有。老伯他们说过，有时候修剪庭院松树时，竟然还听过中午天空传来孩子的笑声。但他们不仅没有精神错乱，休息时还老跟我发牢骚。"

老太举着红茶漆盆，好像安慰孩子一样说道。

房子听后脸上开始出现笑意：

"那肯定是隔壁男娃子来捣蛋。要是对那样的事惊讶的话，大伯他们不是吓死了。呀，说着说着，已经天黑了。今晚老爷不回来，所以没看到我这样——对了洗澡水好了吗？"

"应该好了，我去看看。"

"不了，我现在就去洗。"

房子终于轻松地从墙边藤椅上起身。

"今晚隔壁男娃子又会来放烟花吧。"

婆子从房子身后静静走了。只留下昏暗空旷的客厅，也看不见夹竹桃。被两人遗漏的花猫突然好像发现了什么，一跃而起，扑向门口。那样子就好像身子朝某个人脚上蹭过去一样。但房间里的暮色中，除了花猫的两只眼睛放着可怕的磷光，没有任何人……

横滨。

日华洋行的值班室里面，秘书今西正躺在长椅上，在并不明亮的电灯下，展开新杂志。不久，他随手将杂志放在旁边桌上，珍惜地从上衣内兜里掏出一张照片。看着照片，幸福的微笑浮现在他苍白的脸颊上。

照片是陈彩妻子房子梳着桃瓣发髻的半身照。

镰仓。

南下列车的笛声响彻挂着星月的天空。陈彩走出检票口，没有跟着人群走，抱着一只折叠包，环视着冷清的车站。昏暗电灯下，一个穿着西服的高个男子坐在墙边椅上，拄着一根粗藤条拐杖，缓缓走向陈彩。接着迅速摘掉头上的鸭舌帽，压低声音寒暄：

"是陈先生吗？我是吉井。"

陈彩几乎没表情，盯着对方的脸庞：

"今天你辛苦了。"

"刚才我给你打了电话。"

"后来什么都没发生吗？"

陈彩的语气有一股力量，能将对方拒之千里。

"什么都没有。医生回去后，夫人一直和女佣一起聊天，接着洗澡吃饭，好像听收音机到十点。"

"没有一个客人来吗？"

"是的，没有一个人来。"

"你什么时候停止监视的？"

"十一点二十分。"

吉井干脆地回答。

"后来到末班车为止都没有火车了吧。"

"没有了，北上南下的车都没有。"

"好，谢谢。回去后替我向里见问个好。"

陈彩将手放在草帽上，没有看脱帽打招呼的吉井，大步走向铺着沙子的车站外道路。可能是那样子太傲慢，吉井看着他的背影离开，不由耸了下肩，很快又淡然，吹着轻快口哨，拄着粗藤条拐杖，走向车站前的旅店。

镰仓。

一小时后，陈彩发现自己就像窃贼一样，耳朵贴在他们夫妻的卧室门上，紧紧窥视着里面的场景。卧室外面的走廊上，黑暗让人窒息，牢牢笼罩着四周。其中只有房里电灯光透过钥匙孔的一点点亮光。

陈彩感觉心脏快破裂了，跳得厉害。他把全身注意力都放在贴着门的耳朵上，但卧室中完全没有说话声。陈彩感到这沉默更让人难以忍受，是一种苛责。他不由觉得，车站到这里的途中意想不到的事再次浮现眼前。

……松枝交错，树下小路延伸，露珠打湿小路。空中无数明亮的星星没法照入交错的松枝中。但海风吹过稀疏的茅草，表明大海就在附近。陈彩独自一人闻着和夜色一起加深的松脂味，小心地走在寂寞的黑暗中。

一会儿他突然停下，疑惑地看着路前方。这不仅仅因为再走几步就是他家的黑色院墙，还因为常春藤掩盖下的古老墙壁周围，突然响起了轻轻的脚步声。

可能因为松树和芒草太暗，怎么看都看不清关键人影。只是感到，那脚步声不是往这边来，而是往那边去。

"我真蠢。能走这条路的又不是只有我。"

陈彩心中骂着自己，居然一开始就疑神疑鬼。但这条路除了通往他家，不会通往其他地方。这么看来——就在陈彩思索之时，伴着海风，微微传来开门声。

"太搞笑了。我今早看到后门明明是锁好的。"

陈彩这么想着，仿佛看到猎物的猎犬，毫不松懈地观察着四周，轻轻靠近后门，但后门明明锁着。哪怕拼命推，也完全没动。这么看来，不知何时后门又上了锁恢复原状了。陈彩靠在门上，茫然站在齐膝的芒草里。

"听到门开了的声音，可能是我的幻听吧。"

但在哪里都听不到刚才的脚步声。常春藤覆盖的墙垣上，他的家一片漆黑。于是，站立在星空下，陈彩心里突然涌起一股悲伤。为何那么悲伤，他自己都不知道，只是站在那里，入神地听着稀疏虫鸣，眼泪自然从他脸上冰冷流动。

"房子。"

陈彩几乎呻吟一样，叫着妻子的名字。

就在这时，高高的二楼一个房间里亮起了刺眼的电灯光，让人意外。

"那个窗子，那是——"

陈彩屏住急促的呼吸，抓着手边的松树干，望着二楼窗户，好像爬上去一样。窗户——二楼卧室窗户正打开，能看到敞亮的室内。而且灯光从那里照出来，照在围墙内的松树上，枝繁叶茂，朦胧浮现在夜空中。

但不可思议的不止这些。不久二楼床边浮现一个朦胧人影，面对着这里。可惜电灯光正好在人影后，所以无法判定那人的模样，但能确定绝对不是女人的身影。陈彩不由抓住围墙上的常春藤，撑住快倒的身体，发出痛苦的断续声：

"那封信……不可能啊……只有房子……"

一瞬间后，陈彩轻松跃过围墙，穿过庭院的松树，顺利到了二楼下面，靠近卧室窗边。那里，鲜活的夹竹桃，露湿叶片和花朵……

陈彩站在黑暗的走廊，咬着干嘴唇，竖起妒火更盛的耳朵，因为响起了他刚才听到的小心翼翼的两三下脚步声。

脚步声很快消失了。但陈彩兴奋的神经又听见有人关窗的声音，好像刺痛耳膜一般。后来，沉默很久。

一阵后，犹如榨油机一般，陈彩脸色苍白，这种沉默在他额上榨出黏稠的汗来。他手抖着摸上房门把手，但很快发现房门锁上了。

接着又传来梳子还是发簪掉落的声音。陈彩再怎么用力听，也听不到拾起东西的声音。

那里面的每个声音都冲击着陈彩的心脏。他身躯震动，即使这样，还是固执地把耳朵贴在卧室门上。只要看到他环视四周的狂热眼神，就知道他的神经已经亢奋到极点。

痛苦的几秒过后，房间里传来叹息声。接着有人静静地上床了。

如果这样的状态再持续一分钟，陈彩就会站在门口昏倒。但仿佛上天暗示一般，房中露出蜘蛛线般的朦胧光线，进入他的眼。陈彩立刻趴在地上，从把手下的钥匙孔里注视着房间里。

刹那间，陈彩眼前出现了永远遭到咒骂的情景……

横滨。

秘书今西把房子照片放回衣服内兜，从长椅上静静站起来，接着照例无声地走进隔壁的黑房。

伴着开关打开声，房间立刻变亮了。不知何时开始，今西坐在打字机前，房里桌上的电灯光照出他的影子。

随着今西手指快速地敲打，打字机连续发出响声，吐出来一页断续写着几行字的纸。

"拜启：您夫人出轨的事，我觉得已经没有必要再说了。但您太过溺爱她……"

今西的脸庞这一瞬间变成了面具，象征憎恶。

镰仓。

陈彩的卧室门已经破开了。但其他物品——床铺、蚊帐、梳妆台、明亮灯光，都和瞬间之前没有区别。

陈彩站在房间角落，看着重叠在一起的两个身影：

一人是房子。准确地说是房子这件"物体"。这物体的脸发紫发肿,吐出半个舌头,眯着眼望着天花板。另一人是陈彩。和房间角落的陈彩长得一模一样。这时他与"房子"纠缠在一起,疯狂地用两手狠掐对方脖子。接着他的头垂在房子露着的乳房上,不知死活。

几分钟沉默后,地上的陈彩喘着气慢慢爬起肥胖的身躯,但好不容易起来,又立刻倒在旁边的椅子上。

这时房间角落的陈彩静静离开墙壁,走到"房子"物体前。目光充满悲伤,看着她那发紫发肿的脸。

椅子上的陈彩一看到有人进来,发疯一样站了起来。他脸上充满血丝的眼中闪着强烈的杀意。但一看到对方的模样,杀意瞬间变为无法表达的恐惧:

"谁,你是谁?"

他站在椅子前,发出窒息般的声音。

"刚才走在松树林中,还有从后门悄悄溜进来,还有站在窗外望着外面,还有杀了我妻子房子的人……"

他的话一度中断,接着变成粗野嘶哑的声音。

"是你吧,你是谁?"

另一个陈彩什么都没说。只是抬起眼,悲哀地看着对方。于是,椅子前的陈彩好像被这目光击中了一样,让人害怕地瞪大眼睛，开始慢慢向墙壁后退。这时他的嘴唇还是无声重复说道："你是谁？"

不久，另一个陈彩跪在"房子"旁边，轻轻地搂着她纤细的脖子，亲吻着留在脖子上残酷的指痕。

房间里充满明亮灯光，比墓地还安静。不久响起了断断续续的轻声哭泣声。两个陈彩——站在墙边的陈彩和跪在地上的陈彩一样，掩面而泣……

东京。

《影子》这部电影突然结束时，我和一个女人坐在某个影院包厢椅子上。

"刚才的电影已经结束了吧？"

女人忧郁地看向我，让我想起了《影子》中房子的眼睛。

"什么电影？"

"刚才那部啊，是叫《影子》吧。"

女人沉默，把膝上的节目单递给我。但我怎么找，都找不到《影子》的标题。

"难道我在做梦吗？但我不记得自己睡着了，这不是奇怪吗？再加上《影子》这部电影真是奇怪。"

313

我简单说了下《影子》的梗概。

"那部电影我曾经看过呢。"我说完时，女人的寂寞眼底闪过笑意，用几乎听不见的声音回复，"我们都得注意，不要去管'影子'。"

1920 年 7 月 14 日